Gütersloher Taschenbücher / Siebenstern 1103

Was zwischen Sonne und Mond geschah

Indianische Mythen und Märchen

Herausgegeben
und aus dem Amerikanischen übersetzt
von Michaela Kaiser

Gütersloher Verlagshaus
Gerd Mohn

Originalausgabe

CIP-Titelaufnahme der Deutschen Bibliothek

Was zwischen Sonne und Mond geschah : indian. Mythen u. Märchen / hrsg. u. aus d. Amerikan. übers. von Michaela Kaiser. – Orig.-Ausg. – Gütersloh: Gütersloher Verl.-Haus Mohn, 1988
(Gütersloher Taschenbücher Siebenstern; 1103)
ISBN 3-579-01103-0
NE: Kaiser, Michaela [Hrsg.]; GT

ISBN 3-579-01103-0

Umschlaggestaltung: Dieter Rehder, Aachen, unter Verwendung eines Aquarells aus der Reihe »ETÜDEN« von Klaus Müller-Rabe, München
(Diapositiv: Edda Matuschke)
Gesamtherstellung: Clausen & Bosse, Leck
Printed in Germany

Für den »Oberhäuptling«
Rudolf

Inhalt

Zur Einführung

An langen Winterabenden, wenn die Arbeit getan war, wurde ein Topf auf den Herd gestellt, der Tabak wurde vorbereitet und das Haus oder Zelt etwas in Ordnung gebracht. Dann kam die ganze große Familie – manchmal waren es auch mehrere Familien – zusammen, und der ›Storyteller‹, der Geschichtenerzähler, wurde eingeladen. Um das Feuer herum saßen alle zusammen und lauschten den Erzählungen, während es draußen stürmte und schneite. Und das Erzählen und Zuhören dauerte oft den größeren Teil der Nacht.

Die meisten alten Männer und Frauen eines Stammes waren geübt im Erzählen von Geschichten, aber nur wenige waren berühmt wegen ihres Talentes. Diese zeichneten sich nicht nur durch eine hervorragende Fähigkeit des Erzählens aus, sondern sie waren auch gute Schauspieler/innen, die ihre Geschichten manchmal mehr durch Gestik, Mimik und Stimme als durch Worte vermittelten. Sie erhielten von begeisterten Zuhörern kleine Geschenke und waren hoch angesehen.

Die Geschichten waren für alle da. Jede Altersstufe, jedes Geschlecht und jede soziale Schicht fühlte sich von ihnen angesprochen. Obwohl sie nicht besonders für Kinder ausgedacht oder erzählt wurden, galten sie diesen doch auch immer. Und da die Geschichten auch die Jüngsten der jeweiligen Gruppe ansprachen, bauten sie Brücken zwischen den Generationen.

Doch das Geschichtenerzählen war nicht nur ein Freizeitvergnügen. Indem die Kinder den Märchen und Mythen, den Geschichten und Legenden der Alten lauschten, erlebten sie eine Einführung in die Kultur ihres Stammes. Die Geschichten gaben moralische Instruktionen und vermittelten ihnen das Wertsystem und die kulturellen Normen, Stammesideale und rituellen Vorgehensweisen des eigenen Volkes.

Diese Zeit des winterlichen Erzählens und Zuhörens war also in gewissem Sinne ›Schul-Zeit‹ für die heranwachsende Generation. In einer Gesellschaft ohne institutionalisiertes Schulsystem übernimmt das Erzählen von Märchen, Mythen und Legenden einen großen Teil der Erziehungs- und Sozialisationsaufgaben. Die Moral im Märchen wird von Kindern zudem leichter aufgenommen als eine direkte Mahnung, da sie in Bildern vermittelt wird und im Rahmen der erzählten Geschichte Interesse weckt. Moralpredigten oder rationale Anweisungen dagegen werden oft überhaupt nicht richtig verstanden oder sogar abgelehnt, weil es sich um rein intellektuelle Darlegungen handelt, die den Kern des Menschen, seine emotionale und imaginative Ebene, sein ›Herz‹, nicht erreichen.[1]

Daß es sich bei dieser Verschlüsselung moralischer Anweisungen um ein verbreitetes indianisches Erziehungskonzept handelt, zeigt das Gespräch mit einem alten Hopi im August 1987 auf der Hopi-Reservation. Er erklärte, wie Hopi ihre Kritik am Verhalten von Weißen gern zum Ausdruck bringen: Das beanstandete Verhalten würde nicht direkt kritisiert, sondern es werde dem Fremden eine Geschichte erzählt, in der dieser selbst vorkomme. Seine Aufgabe sei es dann, sich in der Geschichte zu entdecken und die Kritik an seinem Verhalten zu verstehen.

Durch das Erzählen von Geschichten lernten die Kinder auch, Ehrfurcht vor der Natur zu haben. Denn für die Indianer ist der Mensch nicht – wie die abendländische Kultur es uns gelehrt hat – die ›Krone der Schöpfung‹, sondern er ist vor allem ein Teil von ihr. Umgekehrt sind für die meisten Stämme Tiere, Pflanzen und weitgehend auch ›unbelebte Objekte‹ beseelt bzw. »geistdurchwirkt« als Ausdruck einer umfassenden göttlichen Energie.

Diese den Lebewesen und Dingen innewohnenden spirituellen Wesenheiten sorgen für deren Wohl. Sie achten vor allem auf belei-

1. Vgl. W. u. J. Weber, Auf den Spuren des göttlichen Schelms. problemata-fromann-holzboog, Stuttgart 1983.

digendes und verächtliches Verhalten der Menschen gegenüber den Dingen und anderen Lebewesen; so fühlen sie sich etwa nicht verletzt, wenn die Menschen Tiere töten oder Pflanzen pflücken, weil sie diese für ihr eigenes Leben benötigen. Dagegen hat es schlimme Folgen für die Menschen, wenn sie dieses nur aus Unachtsamkeit oder aus Übermut tun. Die ›spirits‹ der Tiere oder Pflanzen verweigern sich dann in Zukunft den Menschen.

Eine kleine Indianerfamilie macht für eine Nacht im Winter Halt auf einer Navajo-Station. Draußen schneit es, und der kleine Junge fragt, woher der Schnee komme. Little Wagon, ein alter Navajo, beginnt, eine lange Geschichte zu erzählen: Ein Vorfahre habe einmal ein wunderschönes Stück brennendes Material gefunden und es sorgsam monatelang gehütet, bis Geistwesen kamen und es zurückverlangten. Er fragte sie, ob er ein Stück davon behalten dürfe, doch sie erlaubten ihm das nicht; statt dessen sagten sie, sie wollten sehen, was sie für ihn tun könnten. In der Zwischenzeit mußte er eine Reihe schwieriger Aufgaben bewältigen. Schließlich teilten ihm die Geistwesen mit, daß er für sein gutes Verhalten belohnt werden solle. Jedes Jahr bei der Hausreinigung würden sie die Asche ihrer Feuerstelle in den Montezuma Canyon schütten, wo er wohnte. Manchmal würden sie es vielleicht vergessen, manchmal auch zuviel schütten, aber insgesamt würden sie regelmäßig an ihn denken.

Und in der Tat: Jedes Jahr fiel nun Schnee in Montezuma Canyon. – Als Little Wagon geendet hatte, herrschte einen Augenblick respektvolles Schweigen; dann fragte der kleine Junge: »Aber es schneit auch in Blanding.« Der alte Mann antwortete: »Dazu mußt du dir selbst eine Geschichte ausdenken.«

Little Wagon hatte sich die Geschichte bei dieser Gelegenheit ausgedacht, und sie sollte keine Sachbegründung für die Herkunft des Schnees sein. Sie sollte von der wechselseitigen Achtung zwischen Mensch und Natur erzählen. Dem Erzähler ging es um einen ethischen Wert, der Junge aber verstand die Geschichte als Erklärung eines Kausalzusammenhangs. Die Ursache für seine Unfähigkeit, die Geschichte ›richtig‹ zu verstehen, sah Little Wagon im Einfluß der Weißen und im Charakter ihrer schulischen Ausbildung, die auf

Kausalerklärungen bedacht sei, nicht aber die inneren Zusammenhänge verständlich mache.[2]

Viele Geschichten gaben Informationen über Tiere, Naturphänomene und den Ursprung des Stammes; viele erklärten rituelle Vorgehensweisen, den Ursprung heiliger Objekte und Zeremonien. So wurden die Kinder an das Stammesleben und die Stammesordnung gewöhnt und an traditionelle Verhaltensmuster angepaßt. Letzter Zweck der Märchen und Mythen war es, Sinn zu schaffen sowohl für die Kinder als auch für die Erwachsenen. Das Leben barg soviel Geheimnisvolles, Unbekanntes und Unwägbares, daß Indianer – wie auch andere Völker – mit Hilfe von Mythen und Erzählungen den Geschehnissen und Phänomenen ihres Lebens einen Sinn zu geben versuchten. Auf diese Art wurden auch die Ursprünge des Kosmos, der Erde und der Menschen, aber auch die der Institutionen gedeutet. Traditionell war das Erzählte nicht nur für die Kinder, sondern auch für die Erwachsenen geglaubte Realität. Heute ist auch für viele Indianer eine mythische Erzählung eher ein Beispiel oder Gleichnis, ein Symbol oder eine Metapher für Realität. Hier können sie in der Imagination erleben, gestalten und deuten, was in der Realität des Alltags sonst unlösbar oder unverständlich erscheint.

In anderer Weise sind aber die Mythen für manche Indianer auch heute noch Realität. Sie sichern das Wohlergehen eines Stammes, sofern sie in regelmäßigen Abständen neu ›erzählt‹ werden. ›Erzählen‹ bedeutet in diesem Zusammenhang auch, daß sie in Form von Gedichten, Gesängen, Gebeten und Tänzen dramatisch in Szene gesetzt und in zeremonieller Art dargestellt werden. Dieses sind dann direkte magische Äußerungen, die ihrer Meinung nach die Kräfte der Natur beeinflussen können.

Diese unmittelbare spirituelle Beeinflussung der Natur durch den Menschen ist vor allem auch deshalb möglich, weil – nach indianischer Auffassung – der Mensch als Teil und nicht als Herrscher der

2. Vgl. Barre Toelken, T. Scott: Poetic Retranslations and the ›Pretty Languages‹ of Yellowman in Traditional American Indian Literatures; in: K. Kroeber: University of Nebraska Press 1981, S. 72f.

Natur in das Beziehungsgeflecht eingebunden ist, welches alle Dinge miteinander verbindet. Durch die konzentrierte Abstrahlung psychischer und religiöser Energien in den Riten und Zeremonien ist deshalb eine Beeinflussung natürlicher Kräfte durch den Menschen möglich. Die Auffassung von der beseelten, geistdurchwirkten Natur aller Dinge (Spiritualismus, Animismus) und ihrer umfassenden Verbundenheit und Interrelation macht eine direkte, gegenseitige, auf spirituellen Verbindungslinien erfolgende Einwirkung aller Teile auf alle anderen Teile möglich. Dagegen ist in der christlichen Schöpfungslehre der Mensch Herrscher über die übrige Schöpfung, die dadurch zum bloßen Objekt wird. Es gibt keine gleichwertige Verwandtschaft aller Dinge. Die Schöpfung war ein spezifisches Ereignis, sie war der Anfang eines zeitlichen Ablaufs, an dessen Ende der Weltuntergang, also die Zerstörung steht. Da Indianer eine solche lineare Zeitvorstellung nicht haben, ist bei ihnen der Anfang und das Ende der Schöpfung ohne vergleichbare Bedeutung.

Bei den Hopi werden Traditionen – also auch Mythen und Märchen – als Besitz der Gemeinschaft angesehen, genau wie die Dörfer und die Felder. Ein Hopi sagte einmal: »Man muß als Hopi geboren und aufgewachsen sein, um ihr Denken zu verstehen. Fast alles ist ein religiöser Akt, vom Aufstehen bis zum Schlafengehen. Wie können Weiße das je verstehen?«[3]

Hierin kommt ein auch bei anderen Indianervölkern verbreitetes Verständnis der Welt zum Ausdruck: Es gibt keine strenge Trennung zwischen Profanem und Sakralem, zwischen Diesseitigem und Jenseitigem, zwischen Menschlichem und Göttlichem. Das Seiende zerfällt nicht in zwei unterschiedlich gewertete und streng getrennte Bereiche des Transzendenten und Immanenten, des Überirdischen und des Irdischen. Da alles Seiende von göttlicher Energie durchflossen und deshalb von spiritueller Natur ist, gilt auch alles Seiende als heilig. Indianisches Denken ist also nicht – wie abendländisches Denken – dualistisch orientiert, sondern holistisch-ganzheitlich.

3. H. Courlander: Hopi Voices, University of New Mexico Press, Albuquerque 1982.

Aus diesem Grund ist es auch schwierig, wenn nicht unmöglich, zwischen Märchen, Mythen, Legenden und Geschichten zu unterscheiden. Die sakralen und die profanen Bereiche überlappen sich nicht nur im Leben, sondern auch in den Geschichten von Indianern.

Die religiösen Mythen sind Zeugnisse eines ursprünglichen Glaubens. Meistens sehen Indianer den Ursprung der Gesetze, der sozialen Institutionen und der Künste im Wirken göttlicher Kräfte.

Göttliche Wesen gaben den Menschen Instruktionen, die dann später wesentlicher Teil der religiösen und alltäglichen Kultur eines Volkes waren, sie wurden von Generation zu Generation mündlich weitergegeben, da es keine Schrift bei diesen Völkern gab. Das bedeutete, daß eine solche Kultur immer nur eine Generation entfernt war vom totalen Verlust ihrer Identität. Wenn eine einzige Generation sich geweigert hätte, die überkommenen Überzeugungen und Lebensformen weiter zu tradieren, so wären diese für immer verlorengegangen. Diese Überlegung zeigt sehr deutlich, welche elementare Bedeutung dem Erzählen von Geschichten in einer mündlichen, einer nicht schriftlich fixierten Kultur zukommt: Dieses Erzählen ermöglicht das Behüten und Bewahren der eigenen Tradition und das Überleben der eigenen kulturellen Identität.

Die Unterschiede zwischen den Märchen verschiedener indianischer Stämme scheinen größer zu sein als die zwischen den Märchen europäischer Völker. Auf einer bestimmten, grundlegenden Ebene aber gleichen sich die Märchen aller Völker. Oft sind ähnliche Motive zu finden, obwohl unseres Wissens keine kulturellen Verbindungen zwischen den Völkern bestanden. Mit C. G. Jung wird man in solchen Fällen von Archetypen eines allen Menschen gemeinsamen Unterbewußten sprechen, in denen sich die gesammelte Erfahrung der Menschheitsgeschichte kristallisiert. Neben Träumen und Visionen sind Märchen und Mythen die Formen des Bewußtwerdens dieser Archetypen. So gibt es zum Beispiel in indianischen Märchen – wie im biblischen Denken und in asiatischen Kulturen – das Motiv einer Sintflut, bei der die Welt durch Wassermassen zerstört wird und nur einige auserwählte Menschen gerettet werden.

Das Motiv der Verwandlung vom ›Aschenputtel‹ zum Helden impliziert im Indianermärchen nicht nur individuelles Glück wie bei uns, sondern immer auch das Glück des ganzen Stammes.

Das glückliche Ende eines Märchens bedeutet nicht unbedingt soviel wie »... und wenn sie nicht gestorben sind, dann leben sie noch heute«. Ein solches Ende kann sich vielmehr auch in einem sanften Tod verwirklichen. Bei Indianern gehört der Tod ohnehin mehr zum Leben als bei uns. So werden den Mädchen in den Gesängen und Gebeten der Pubertätszeremonie der Apachen auch heute noch nicht nur viele Kinder und ein langes Leben in Gesundheit gewünscht, sondern auch ein sanftes Sterben während des Schlafes. Durch ihre Entfremdung von der Natur ist der Tod für viele Christen etwas Schreckliches, vor dem sie sich fürchten. Auch Indianer sind traurig, einen geliebten Menschen zu verlieren, aber sie haben keine solche Angst vor dem Tod. Er ist für sie die Erfüllung ihrer Bestimmung, denn der Körper wird wieder zu Erde und trägt so zum Erhalt des ewigen Kreislaufs bei.

Unsterblichkeit ist im Stammesleben ohne Bedeutung, und es gibt keine ausgefeilte Theorie über das Leben nach dem Tod. Dieses ist allerdings nicht ganz anders als das hiesige Leben (siehe: »Der Weg über den Hügel«). Dagegen ist das Jenseits für Christen – ohne die Gegensätze von Gut und Böse, Freude und Leid – völlig verschieden vom Leben auf der Erde. Trotz dieses glücklichen Lebens im Jenseits sind es von allen Völkern die Christen, die den Tod am meisten fürchten.[4]

Auch bei den Indianern gibt es das Orpheus-Motiv in einigen Geschichten: Es ist der Wunsch, den geliebten Toten aus dem Jenseits wieder zurückzuholen, wie es in den Märchen ›Das steinerne Kanu‹ und ›Das Bildnis, das lebendig wurde‹ beschrieben wird. Im ›steinernen Kanu‹ wird aber auch deutlich, daß Glück nicht nur von einem Zusammensein im Diesseits abhängt, sondern daß es um das Zusammensein überhaupt geht, egal ob im Diesseits oder im Jenseits. –

Schließlich: Wie im europäischen Märchen gibt es auch im India-

4. Vgl. Vine Deloria Jr., Gott ist rot. München 1987, S. 124ff.

nermärchen das Motiv der Tierverwandlung und der Tierehe. Im europäischen Märchen handelt es sich dabei immer um eine Regression, die so schnell wie möglich ungeschehen und rückgängig gemacht werden soll. Dagegen ist für traditionelles indianisches Denken die Verwandlung eines Menschen in ein Tier häufig ein Aufstieg auf eine übermenschliche Stufe und daher mit vielen Mühen verbunden. Die Trennungslinie zwischen verschiedenen Lebensformen ist nur sehr dünn; Tiere haben eine größere Fähigkeit zum willkürlichen Gestaltwandel als Menschen und sind diesen damit überlegen. Entscheidend ist, daß alle Lebensformen von dem gleichen geistigen Prinzip durchdrungen sind und deshalb in enger verwandtschaftlicher Beziehung zueinander stehen. Das Leben ist eine Einheit. Alle Wesen haben denselben Schöpfer, und deshalb ist es logisch, daß alle die Fähigkeit haben, mit jedem Teil der Schöpfung in Beziehung zu treten.[5]

Manche Mythen erzählen von Menschen, die von Tieren, vor allem von den besonders geachteten Büffeln, Bären, Adlern oder Schlangen akzeptiert und aufgenommen worden sind. Sie können geheimes Wissen dieser Tiere erwerben, z. B. die Kunst des Heilens, und sie werden bei der Rückkehr zu ihrem Stamm oft als Medizinmann oder Häuptling hoch geachtet.

Speziell für die Hopi und ihre Vorstellung von Gut und Böse gilt, daß das Böse einen festen Platz auf der Erde hat. Es ist aus Versehen aus der Unterwelt mit in die jetzige Welt gekommen, und nun kann man nicht das Gute ohne das Böse haben, wie auch nicht das Helle ohne Dunkel, den Tag ohne die Nacht, das Männliche ohne das Weibliche (siehe Schöpfungsmythos der Hopi: »Vor langer Zeit«). Dahinter steht das Konzept, daß auf dieser Erde alles aus Gegensätzen aufgebaut ist. Diese Gegensätze stoßen einander jedoch nicht ab oder schließen einander aus. Vielmehr gehören sie zueinander und befinden sich im Idealfall in Balance zueinander. Alles in dieser Welt befindet sich nach der Idee des Schöpfers in einem solchen Gleichgewicht. Das Universum ist ein sehr subtil ausbalanciertes Ganzes. Krankheit, Krieg und Unfriede sind Störungen dieser universellen

5. Vgl. Deloria, a. a. O., S. 90.

Balance und bedürfen zu ihrer Heilung deshalb auch immer des Priesters, des Medizinmannes oder der Medizinfrau.

Wo nach indianischer Vorstellung das Unvollkommene wie das Böse Teil des Ganzen ist, ist im christlichen Denken das Unvollkommene und Böse Gegenspieler des idealen Ganzen, das nur gut und rein ist. Auch hier wird wieder der Unterschied zwischen dem holistischen indianischen und dem dualistischen abendländischen Denken sichtbar.

In diesem kurzen Überblick über verschiedene Aspekte indianischer Geschichten ist vielleicht verständlich geworden, warum es eine der heiligen Pflichten der Alten eines Stammes war, die Traditionen durch Mythen, Märchen, Legenden und Geschichten an die jüngere Generation weiterzugeben. Insofern bewahrte das winterliche Geschichtenerzählen die Kontinuität eines Stammes, da es die Geschichte und wichtige Traditionen des Volkes lebendig hielt. Die besten Geschichtenerzähler/innen wurden hoch geachtet. Sie waren nicht nur ›Unterhalter‹, sondern auch Lehrer und Bewahrer der eigenen Vergangenheit und damit auch der Zukunft ihres Volkes.

Michaela Kaiser

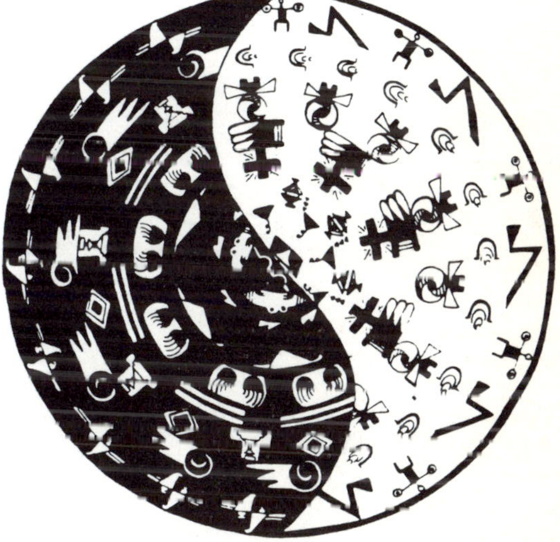

Wie die Welt entstand

Schöpfungsmythen

Die Erschaffung der Welt

Am Anfang der Zeiten
Bestand zwischen Mensch und Tier kein Unterschied
Alle Kreaturen lebten auf Erden
Ein Mensch konnte sich nach Wunsch in ein Tier verwandeln
Und ein Tier konnte ein menschliches Wesen werden
Es bestand kein Unterschied
Die Kreaturen waren bald Tiere, bald Menschen
Alle sprachen dieselbe Sprache
Zu dieser Zeit waren die Worte magisch
Und der Geist besaß geheimnisvolle Kräfte
Ein zufällig ausgesprochenes Wort
Konnte seltsame Folgen haben
Es wurde plötzlich lebendig
Und die Wünsche verwirklichten sich
Es genügte sie auszusprechen
Man kann das nicht erklären
Es war so

Eskimos

Vor langer Zeit

Vor langer Zeit lebten die Vorfahren der Menschen in einer Welt unterhalb der Erde. Es waren noch keine richtigen Menschen, sondern nur irgendeine Art von kreatürlichen Wesen. Sie lebten in Dunkelheit und verhielten sich wie Wanzen.

Nun gab es einen Großen Geist, der über alles wachte. Manche Menschen sagen, daß es Tawa, die Sonne, war. Er sah, wie es dort unter der Erde zuging. Es war ihm eigentlich egal, wie die Wesen dort lebten. Er schickte aber trotzdem eine Botin, eine Stellvertreterin, um mit ihnen zu reden, und das war Alte Spinnenfrau Gogyeng Sowuhti. Sie sagte: »Ihr Wesen, der Geist der Sonne, der über allen leuchtet, möchte nicht, daß ihr so weiterlebt. Er wird euch in etwas Besseres verwandeln, und ich werde euch in eine andere Welt führen.«

Und so kam es. Der Geist der Sonne verwandelte sie in bessere Wesen, und Gogyeng Sowuhti führte sie in eine andere Welt, die über derjenigen lag, aus der sie kamen. Dieses war die zweite Welt, die aber immer noch unterhalb des Erdbodens lag. Die kreatürlichen Wesen lebten dort eine Zeitlang, aber immer noch hatten sie keine menschliche, sondern eine Tiergestalt. Einige hatten Schwänze, andere nicht. Diejenigen, aus denen schließlich Menschen wurden, hatten keine.

Aber das Leben in der zweiten Welt war nicht gut. Die Wesen verhielten sich nicht gut, sie vertrugen sich nicht und fraßen einander auf. Es gab Chaos und Zwietracht. Deshalb schickte der Große Geist Gogyeng Sowuhti noch einmal zu ihnen hinunter, nachdem er aber den Wesen ohne Schwanz zuvor eine menschliche Gestalt gegeben hatte. Aber auch jetzt waren es noch keine richtigen Menschen, da sie immer noch undiszipliniert waren – wild und unzivilisiert.

Gogyeng Sowuhti führte sie wiederum hoch in eine andere, in die dritte Welt. Zuerst ging alles besser, aber schon nach kurzer Zeit herrschte noch mehr Chaos und Streit. Bösartige Wesen waren die Ursache vieler Schwierigkeiten. Es gab Zauberer, die Menschen krank machten oder sie zum Streiten verleiteten. Diese bösen Wesen machten das Leben hart für alle anderen.

Als die Verhältnisse schließlich unerträglich wurden, sagten diejenigen, die ein gutes und ordentliches Leben führen wollten: »Dieses muß ein Ende haben. Als uns der Große Geist hier heraufbrachte, wollte er, daß wir besser als vorher seien. Wie können wir hier wegkommen und die schlechten hinter uns lassen?«

Gogyeng Sowuhti antwortete ihnen: »Über uns ist eine vierte Welt. Dort oben wird das Leben für euch besser sein. Aber um dorthin zu gelangen, müssen wir durch den Himmel der dritten Welt hindurch. Und es gibt noch mehr Probleme. Die vierte Welt gehört Masauwu, dem Geist des Todes. Ihr werdet seine Erlaubnis für das Bewohnen der vierten Welt benötigen.«

(Es gab also vier verschiedene Schichten der Welt. Vielleicht beschreibt diese Idee den Weg der menschlichen Existenz, die Umwandlung, die mit den Menschen geschieht, bevor sie wirklich menschlich werden. In der vierten Welt wurde erwartet, daß sie sich zivilisiert und ordentlich verhielten.)

Diejenigen Menschen, die der dritten Welt entfliehen wollten, beschlossen, erst einmal einen Kundschafter in die vierte Welt hochzuschicken. Dieser sollte sich dort umsehen und auch mit Masauwu Kontakt aufnehmen. Ihre Wahl fiel auf einen schnellen Vogel, die Schwalbe. Diese war zwar wirklich schnell, ermüdete aber, bevor sie den Himmel erreichte, und mußte deshalb umkehren. Daraufhin sandten sie eine Taube, dann einen Habicht. Der Habicht fand zwar eine kleine Öffnung, durch die er hindurchflog, aber er kam zurück, ohne Masauwu gesehen zu haben.

Letztendlich schickten sie eine Spottdrossel, und die fand dann auch tatsächlich Masauwu. Masauwu fragte sie: »Warum bist du hergekommen?« Die Spottdrossel antwortete: »Die Welt dort unten ist durchseucht vom Bösen. Die Menschen möchten hier heraufkommen und hier leben. Sie möchten hier ihre Häuser bauen und ihren Mais anpflanzen.«

Masauwu sagte: »Nun, du siehst ja, wie es in dieser Welt ist. Es gibt kein Licht, alles ist nur grau. Ich ziehe meine Getreide mit der Wärme und dem Licht meines Lagerfeuers hoch. Nun denn, ich habe Verwandte dort unten in der dritten Welt. Ich habe ihnen das Geheimnis des Feuers verraten. Laß sie eure Leute hier heraufführen, und ich werde ihnen Land geben und einen Platz, an dem sie sich niederlassen können. Laß sie kommen.«

Nachdem die Spottdrossel zurück in die dritte Welt geflogen und dort erzählt hatte, was Masauwu ihr gesagt hatte, fragten die Menschen: »Aber wie können wir jemals nach dort oben gelangen?« Alte Spinnenfrau rief das gestreifte Eichhörnchen herbei und bat es, einen Sonnenblumensamen zu pflanzen. Dieser wuchs und wuchs und hatte auch fast den Himmel erreicht, als das Gewicht der Blüte zu schwer wurde und der Stamm abknickte. Dann bat Alte Spinnenfrau das Eichhörnchen, eine Fichte zu pflanzen. Doch als diese aufhörte zu wachsen, war sie nicht groß genug geworden. Das Eichhörnchen pflanzte eine Pinie, aber auch die war nicht groß genug. Das vierte, was das Eichhörnchen pflanzte, war Bambus, und er wuchs und wuchs – bis er den Himmel durchstieß.

Alte Spinnenfrau sagte: »Meine Kinder, nun haben wir einen Weg in die obere Welt. Wenn wir dort ankommen, wird euer Leben sich ändern. Dort oben werdet ihr fähig sein, das Böse vom Guten zu unterscheiden. Alles Schlechte muß hier unten zurückgelassen werden. Alle böse Medizin muß weggeworfen werden, bevor ihr hochsteigt. Zauberer können nicht mit uns kommen, denn sie würden die vierte Welt verseuchen. Also seid vorsichtig. Wenn ihr einen bösen Menschen hochklettern seht, schickt ihn zurück.«

Die Menschen begannen, im Bambusrohr hochzuklettern. Wie sie durch die Bambusknoten kamen, weiß ich nicht, denn die Geschichte sagt darüber nichts. Die Nachtigall wachte über sie während ihres Aufstiegs. Sie war wie eine Führerin, sie flog voraus, sie rief: »Pashumayani! Pashumayani! Pash! Pash! Pash! – Seid vorsichtig! Seid vorsichtig!« Die Menschen kletterten in Gruppen nach oben, und schließlich hatten alle die Spitze erreicht. Die Öffnung an dieser Stelle, an der sie von der dritten in die vierte Welt kamen, hieß Sipapuni.

Ganz in der Nähe schlugen die Menschen ihr Lager auf. Das Licht war grau und trüb, und sie wußten nicht, wohin sie sich nun wenden sollten.

Alte Spinnenfrau, also Gogyeng Sowuhti, sagte: »Nun sind wir alle hier; habt ihr auch alle Schlechten unten gelassen?«

Sie antworteten: »Ja, wir haben keine mit hochkommen sehen.«

Alte Spinnenfrau sagte: »Gut, dann verstopft jetzt das Bambusrohr mit dieser Baumwolle.«

Während der ganzen Zeit unterwies sie die Nachtigall in dem, was sie tun sollten. Manche wies sie hierhin, andere dorthin, jeweils in Gruppen, und sie gab jeder Gruppe einen anderen Namen. Das waren die Stammesnamen: Ute, Hopi, Navajo und viele andere. Eine Gruppe wurde Bahanas genannt, was soviel bedeutet wie ›weiße Menschen‹.

Nachdem der Bambus mit Baumwolle verstopft worden war, stellte sich heraus, daß doch ein schlechter Mensch mit in die vierte Welt gekommen war, ohne entdeckt zu werden. Als er nun entdeckt wurde, lachte er nur. Die anderen sagten zu ihm: »Wir wollen dich nicht hier haben. Wegen solcher Menschen, wie du einer bist, haben wir die dritte Welt verlassen.«

Er aber antwortete ihnen: »Ihr könntet gar nicht leben ohne das Böse. Ich habe meine Rolle in dieser Welt zu spielen.«

Als die Hopi das Sipapuni verließen und ihre Wanderungen begannen, sagten sie zu dem bösen Zauberer, daß er nicht mit ihnen komme dürfe, da es der ganze Zweck ihres Aufstiegs in diese Welt gewesen sei, vom Bösen fortzukommen. Deshalb ging er dann mit den Bahanas, den Weißen. Die Hopi-Führer sagten ihren Leuten, daß sich darum jeder vor den Bahanas in acht nehmen solle ...

Aber immer wieder fanden in späteren Zeiten andere Zauberer ihren Weg zu den Hopi und brachten Zwietracht und Verderbtheit in die Dörfer.

Hopi

Schöpfungsmythos

Vor vielen Wintern in der Vergangenheit war die Erde völlig mit Wasser bedeckt. Es gab keine Sonne, keinen Mond und auch keine Sterne, und so gab es auch kein Licht. Es herrschte Dunkelheit. Zu dieser Zeit waren die einzigen lebenden Wesen Wassertiere wie der Biber oder die Bisamratte. Weit über der Erde war das Land der glücklichen Geister, wo Ravenyo, das Große Geheimnis, lebte. Im Mittelpunkt dieser Welt stand ein mächtiger Baum, dessen Wurzeln tief in den Boden reichten. Eines Tages aber riß Ravenyo den Baum samt Wurzeln aus dem Boden, rief seine Tochter und befahl ihr, in das entstandene Loch zu gucken. Sie kam und sah dort unten die mit Wasser bedeckte Erde. Du wirst in diese Welt der Dunkelheit hinabsteigen, sagte Ravenyo, hob sie sanft an und ließ sie durch das Erdloch gleiten. Die Wassertiere schauten auf und erblickten ein großes Licht: Das war die Himmelsfrau. Furcht ergriff die Tiere, so daß sie zuerst schnell untertauchten, bald jedoch wieder neugierig heraufkamen und überlegten, was sie wohl für die

Himmelsfrau tun könnten. Der Biber sagte, wir müssen einen trokkenen Platz finden, auf dem sie ruhen kann, und er tauchte unter auf der Suche nach etwas Erde. Nach langer, langer Zeit kam sein toter Körper zurück zur Oberfläche. Nach ihm versuchten noch viele andere Tiere Erde zu holen, aber alle wurden vom gleichen Schicksal betroffen.

Schließlich versuchte es die Bisamratte, aber nach einiger Zeit wurde auch sie tot zur Oberfläche zurückgetrieben. Ihre kleinen Krallen waren fest geschlossen, und nachdem man sie geöffnet hatte, fand man darin ein wenig Erde. Die Wassertiere nahmen die Erde, riefen eine große Schildkröte und verteilten sie fest auf deren Rücken. Sofort begann die Schildkröte zu wachsen. Und auch die Erde auf ihrem Rücken vermehrte sich. Diese Erde wurde Nordamerika, eine große Insel. Inzwischen war die Himmelsfrau fast zur Erde gelangt, so daß sich die weißen Schwäne entschlossen, ihr entgegenzufliegen, um sie sanft und sicher auf ihrem Rücken zur Erde zu tragen. Nach einiger Zeit gebar die Himmelsfrau Zwillinge. Derjenige, welcher der gute Geist war, wurde zuerst geboren. Der andere, der böse Geist, verursachte seiner Mutter so viele Schmerzen, daß sie während seiner Geburt starb. Der gute Geist nahm sogleich ihren Kopf und hängte ihn in den Himmel. Er wurde zur Sonne. Vom Körper seiner Mutter formte er dann noch Mond und Sterne. Den Rest ihres Körpers begrub er in der Erde, wodurch nun alles Lebendige seine Nahrung erhielt. Sie kommt von der Mutter Erde. Der böse Geist aber setzte die Dunkelheit in den westlichen Himmel und versuchte, alle die guten Schöpfungen seines Bruders zu zerstören. Er ließ Bäume verkümmern und schuf Tiere, die diese mit ihrem Gift zerstören sollten. Auch verseuchte er Wasser, das sein Bruder geschaffen hatte, und verwandelte Flüsse in reißende Ströme und machte Berge durch schroffe Felsen gefährlich. Als die Erde endlich fertig war, schuf der gute Geist den Menschen und gab ihm Leben. Allen Geschöpfen verlieh er einen Schutzgeist. Dann rief er seinen Bruder und sagte ihm, er solle aufhören, Unheil zu stiften. Das lehnte dieser aber ab. Es entbrannte daraufhin ein Kampf, der viele Tage währte und den der gute Geist schließlich gewann. Er verbannte seinen schlechten Bruder von der Erde. Doch dieser hat seine Verbündeten, die ständig die Herzen der Menschen beeinflussen und sie Schlechtes tun lassen. Deshalb hat jede Person ein gutes und ein böses Herz. Wie gut auch immer ein Mensch zu sein scheint, so hat er trotzdem etwas Böses. Und natürlich auch umgekehrt: Niemand ist vollkommen.

Irokesen

Das geschah am Anfang

Am Anfang gab es nichts als eine sanfte, weiche Dunkelheit. Rabe schlug unentwegt mit seinen Flügeln auf und ab, bis die Dunkelheit sich verdichtete und zu fester Erde wurde. Aber jetzt gab es nur einen eisigen schwarzen Ozean und eine ganz schmale Küstenlinie. Doch bald kamen Menschen, um an diesem Gestade zu leben. Dem Raben taten sie leid, sie waren armselige und kränkliche Wesen, die niemals Sonnenschein erlebt hatten. Sie ernährten sich von Nüssen und Blättern. Ausgedrückte Erlenwurzeln dienten ihnen als Getränk.

»Ich muß ihnen helfen«, dachte Rabe und flog hinab zur Erde. Er rief »ga ga ga!« und alle Menschen versammelten sich um ihn. Sie sahen aus wie Gespenster, so schattenhaft und bleich in der nebligen Dunkelheit.

»Rabe ist gekommen!« sprachen sie zueinander, »es ist Rabe-der-alles-in-Ordnung-bringt.« Die armen Wesen schöpften nun neuen Mut und stellten sich im Kreis auf, um zu sehen, was er tun würde.

Rabe rupfte einen Zweig von einer Erle und streute die Blätter auf die Oberfläche eines Teiches. Sofort wurden die Blätter hineingesogen, und das Wasser fing an zu kochen. Einen Augenblick später schon beruhigte es sich wieder, die Oberfläche wurde klar und Fische begannen auf und ab zu springen. Auf diese Weise verhalf Rabe den Menschen zu Fischen.

Aber da sie jetzt Fische zu essen hatten, waren sie durstiger als je zuvor. Sie riefen wieder nach Rabe. Er kam wieder zu ihnen herunter, und die Menschen sagten: »Hier ist Rabe-der-alles-in-Ordnung-bringt!«

Rabe wußte, daß es auf der ganzen Erde nur eine einzige Süßwasserquelle gab. Ein Mann namens Ganook hatte sein Haus um diese Quelle herum gebaut und weigerte sich, anderen von dem Wasser abzugeben.

Rabe dachte: »Vielleicht kann ich so viel davon trinken, daß ich etwas mit zurück zu den Menschen nehmen kann.«

Und so ging er zu dem Haus und fragte, ob er hereinkommen dürfe. Ganook war sehr froh, Gesellschaft zu haben. Rabe setzte sich, unterhielt sich höflich mit Ganook und bat kurz darauf um einen Schluck Wasser. »Nun denn«, sagte Ganook unwillig und zeigte ihm den Brunnen, einen kristallenen Teich, der aus einem Steinbassin hervorquoll.

»Aber trink nicht alles«, warnte ihn Ganook. »Du weißt ja sicher, daß dieses das einzige Süßwasser auf der ganzen Erde ist.«

Rabe wußte es sehr genau, denn das war ja der Grund seines Kommens. Aber er sagte: »Nur einen kleinen Schluck«, und dann trank er, bis er taumelte.

»Hör auf, Rabe!« schrie Ganook. »Versuchst du, den Brunnen leerzutrinken?«

Genau das hatte Rabe vor, aber er antwortete nicht auf die Frage. Statt dessen machte er es sich am Feuer bequem und sagte: »Ganook, ich will dir eine Geschichte erzählen.«

Und er begann eine endlose und langweilige Geschichte zu erzählen von vier langweiligen Brüdern, die auf eine weite und langweilige Reise gingen. Je länger er sprach, desto langweiligere Nebensächlichkeiten fügte er hinzu, und schon fielen Ganook die Augen zu. Rabe sprach sanft und immer langsamer, bis Ganooks Kinn auf seine Brust sank.

»Nun denn«, sagte Rabe leise und ließ kein Auge von Ganook. »Immer weiter gingen die vier großen grauen Brüder durch den weichen grauen Nebel und durch das lange graue Tal. Und jetzt – schlafe!« Und Ganook begann zu schnarchen.

Schnell wie der Blitz sprang Rabe zur Quelle und steckte seinen Schnabel in das Wasser. Aber kaum hatte er seinen Kopf gehoben, um es herunterzuschlucken, da fuhr Ganook mit einem fürchterlichen Schnarchen hoch und sagte: »Erzähl weiter, erzähl weiter, ich höre zu! Ich schlafe nicht.« Daraufhin schüttelte er seinen Kopf, blinzelte mit den Augen und fragte: »Rabe, wo bist du? Was tust du?«

»Ich verschaffe mir nur etwas Bewegung«, versicherte ihm Rabe und kam zu ihm zurück. Und wieder erzählte er mit leiser, monotoner Stimme den Fortgang der langweiligen Geschichte von den vier Brüdern. Kaum hatte er damit begonnen, da nickte Ganook schon wieder ein. Sein Kinn fiel herunter, aber er zuckte zusammen, öffnete seine Augen, blickte Rabe finster an, nickte mit dem Kopf und sagte: »Erzähl weiter! Was passierte dann?« Und wieder sank sein Kopf auf seine Brust.

»Und so weiter, und so weiter«, sagte Rabe langsam, »gingen die vier großen grauen Brüder über die Hügel. Die Luft um sie herum war dick und grau. Der Nebel schob sich sanft über die Berge. Nebel vor ihnen, Nebel hinter ihnen, weicher, wolkiger Nebel. Und nun – schlafe!« und Ganook begann zu schnarchen.

Leise schlich Rabe zur Quelle und – gluck, gluck, gluck – trank er so viel Wasser, bis der Teich leer war. Aber gerade als er seinen Kopf für den letzten langen Schluck in die Höhe hob, sprang Ganook auf und sah, was er tat.

»So, Rabe!« rief Ganook, »du denkst also, du kannst mich in den Schlaf lullen und dann mein Wasser stehlen!«

Er nahm seinen Knüppel und begann, Rabe immer rund um das Feuer herum zu jagen. Rabe rannte ein paar Schritte, flatterte dann mit seinen großen Flügeln und erhob sich einige Zentimeter vom Boden. Und dann – mit einem letzten riesigen Flügelschlag – flog er auf den geöffneten Rauchabzug zu. Er hatte aber so viel Wasser getrunken, daß er in der Öffnung steckenblieb. Während er sich verzweifelt bemühte, freizukommen, rief Ganook: »Du schieläugiger Rabe, jetzt hab' ich dich, Rabe! Du elender Dieb!« Und Ganook warf grüne Erlenzweige auf das Feuer, und es entstand ein solcher Rauch, daß Rabe fast erstickt wäre.

Rabe hing in der Öffnung, zappelnd und fast erwürgt, bis er sich zu guter Letzt doch noch mit einem heftigen Ruck freistrampeln konnte und heftig taumelnd zum Himmel flog. Er war so schwer, daß er nicht mehr gerade fliegen konnte, und während des Flugs spritzten kleine Wasserfontänen aus seinem Schnabel. Daraus entstanden Flüsse, zuerst die Nass und der Sitka, dann der Taku, der Iskut und der Stikine. Da Rabe nicht gerade, sondern in einer Schlangenlinie flog, sind auch alle Flußläufe gewunden wie Schlangen. Hier und dort ließ er einzelne Tropfen fallen, aus denen kleine Wasserläufe und Lachsteiche entstanden.

So brachte Rabe Süßwasser zu den Menschen – aber seitdem trägt er das Zeichen des Rauchabzugs für alle Zeiten. Als er zu Ganook kam, war er ein großer, schneeweißer Vogel. Aber seit jenem Tag ist der Rabe schwarz, schwarz wie der endlose Himmel einer endlosen Nacht.

North Pacific

Die Erschaffung der weißen Menschen

Vor langer Zeit,
ganz am Anfang,
da gab es auf der Erde noch keine weißen Menschen,
da gab es noch nichts Europäisches.
Und diese Welt hätte so weiter bestehen können,
wenn nicht eins gewesen wäre:
Hexerei.
Diese Welt war schon vollständig,
sogar ohne weiße Menschen.
Es gab alles
einschließlich Hexerei.

Dann geschah es.
Die Hexen kamen zusammen.
Einige kamen von sehr weit her
über Ozeane,
über Gebirge.
Einige hatten Schlitzaugen,
andere hatten schwarze Haut.
Sie alle kamen zusammen zu einem Wettkampf,
so wie sich heute Menschen treffen für ein Basketballturnier.
Mit einem Unterschied:
Dies war ein Wettkampf in dunklen Dingen.

So jedenfalls
kamen sie alle zusammen,
Zauberer und Hexen aus allen Gegenden
von all den Pueblos
und allen Stämmen.

Es gab Navajo-Hexen dort,
einige von den Hopis und ein paar von Zuni.
Sie hatten eine Hexenkonferenz,
genauso war es,
hoch oben in den Lavabergen
nördlich von Canoncito
kamen sie zusammen,
um in Höhlen herumzualbern
mit ihren Tierhäuten
Fuchs, Dachs, Wildkatze und Wolf,
sie umrundeten das Feuer,
und beim viertenmal
zogen sie eilig die jeweilige Tierhaut über.

Aber dieses Mal war das nicht genug,
und eine von ihnen,
vielleicht eine Sioux oder einige Eskimos,
begann anzugeben:
›Das war noch gar nichts,
seht euch dies an.‹

So begann der Wettkampf.
Daraufhin lüfteten einige die Deckel
ihrer großen Kochtöpfe
und riefen die anderen herüber,
um einen Blick hineinzuwerfen:
Tote Babys in brodelndem Blut,
runde Löcher in der Schädeldecke,
das Gehirn ganz ausgesogen.
Hexenmedizin
um sie zu trocknen und zu Staub zu zermahlen
für neue Opfer.

Andere öffneten Bündel aus Haut mit ekelerregenden Dingen:
Dunkle Feuersteine, Asche von verbrannten Navajo-Hogans,
wo die Toten gelegen hatten.
Windungen aus Haut,
abgeschnitten von den Fingerkuppen,
in Scheiben geschnitten
von der Spitze des Penis und der Klitoris.

Am Ende gab es nur eine, die noch nicht mit ihren Zaubereien und
ihrer Macht angegeben hatte.
Diese Hexe stand im Schatten jenseits des Feuers,
und nie bekam irgend jemand heraus,
woher diese Hexe kam,
von welchem Stamm,
oder ob es eine Frau oder ein Mann war.
Aber das Wichtigste war,
daß diese Hexe nicht mit dunkler Holzkohle prahlte

und nicht mit roten Perlen vom Ameisenhügel.
Diese sagte nur zu den anderen:
›Hört mir zu, was ich habe, ist eine Geschichte.‹

Zuerst lachten alle,
aber diese Hexe sagte:
»Gut,
macht nur so weiter,
lacht nur, wenn ihr wollt,
aber indem ich die Geschichte erzähle,
wird sie allmählich Wirklichkeit werden.
Jetzt in Bewegung gesetzt,
durch unsere Hexerei in Bewegung gesetzt,
um für uns zu arbeiten.

Höhlen weit jenseits des Ozeans
in Höhlen dunkler Hügel,
weißhäutige Menschen
wie der Bauch eines Fisches,
bedeckt mit Haaren.
Dann wachsen sie von der Erde fort,
dann wachsen sie von der Sonne fort,
dann wachsen sie von den Pflanzen und Tieren fort,
sie sehen kein Leben.

Wenn sie um sich schauen,
sehen sie nur Objekte.
Die Erde ist für sie etwas Totes.
Die Bäume und Flüsse haben kein Leben.
Die Berge und Steine haben kein Leben.
Der Hirsch und der Bär sind nur Objekte,
sie sehen kein Leben.

Sie haben Angst.
Sie haben Angst vor der Welt.
Sie zerstören das, vor dem sie Angst haben,
Sie haben Angst vor sich selbst.

Der Wind wird sie über den Ozean tragen,
Tausende von ihnen in riesigen Booten
schwärmen wie Larven
aus einem zertrampelten Ameisenhaufen.

Sie werden Dinge bei sich tragen,
die töten können,
schneller als ein Auge sehen kann.

Sie werden die Dinge töten, vor denen sie Angst haben.
Alle Tiere
und die Menschen werden hungern.

Sie werden das Wasser vergiften.
Sie werden das Wasser wegleiten
und es wird eine Dürre sein,
die Menschen werden hungern.

Sie werden Angst haben vor dem, was sie entdecken.
Sie werden Angst haben vor den Menschenvölkern.
Sie töten das, vor dem sie Angst haben.

Ganze Dörfer werden ausgelöscht werden.
Sie werden ganze Völker niedermetzeln.

Leichen für uns,
Blut für uns,
Töten, töten, töten, töten.

Und diejenigen, die sie nicht töten werden,
werden dennoch sterben
wegen der Zerstörung, die sie sehen,
wegen des Verlustes,
wegen des Verlustes der Kinder,
der Verlust wird die Überlebenden vernichten.

Gestohlene Flüsse und Berge,
gestohlenes Land wird ihre Herzen verzehren
und ihre Münder von der Mutter (Erde) fortreißen.
Die Menschen werden verhungern.
Sie werden schreckliche Krankheiten bringen,
die die Menschen nicht kannten.
Ganze Stämme werden aussterben,
übersät mit eitrigen Wunden,
Blut im Kot,
Blut erbrechend,
Leichen für unsere Arbeit.

Jetzt in Bewegung gesetzt,
durch unsere Hexerei in Bewegung gesetzt,
in Bewegung gesetzt,
um für uns zu wirken.

Sie werden sich diese Welt aneignen von Ozean zu Ozean.
Sie werden sich gegeneinander wenden.
Sie werden sich gegenseitig vernichten.
Hier oben
in diesen Hügeln
werden sie die Steine finden,
Steine mit grünen, gelben und schwarzen Adern.
Mit diesen Steinen werden sie den endgültigen Plan in die Tat umsetzen.
Sie werden ihn über die ganze Erde verbreiten
und alles in die Luft jagen.

Jetzt in Bewegung gesetzt,
in Bewegung gesetzt,
um zu zerstören,
um zu töten.
Objekte, die für uns arbeiten,
Objekte, die für uns handeln,
die die Hexerei durchführen

für Leiden,
für Qualen,
für die Totgeborenen,
für die Entstellten,
die Unfruchtbaren,
die Toten.

Wirbeln,
Wirbeln,
Wirbeln,
Wirbeln.
Jetzt in Bewegung gesetzt,
jetzt in Bewegung gesetzt.«

Darauf sagten die anderen Hexen:
›Gut, du hast gewonnen,
du bekommst den Preis.
Doch was du da gerade gesagt hast –
das ist gar nicht lustig,
das hört sich gar nicht gut an.
Uns geht es ganz gut ohne das.
Wir kommen ganz gut zurecht ohne diese Art von Wesen.
Nimm es zurück.
Nimm die Geschichte zurück.
Widerrufe sie!‹

Doch die Hexe schüttelte nur den Kopf
in Richtung der anderen
in ihren stinkenden Tierfellen, Pelzen und Federn:
»Es ist schon losgelassen,
es kommt schon,
es kann nicht mehr widerrufen werden.«

Pueblo

Wie das Feuer gestohlen wurde

Erklärungsmythen

Das erste Feuer

Im Anfang gab es kein Feuer, und die Erde war kalt, bis die Donner ihre Blitze schickten und Feuer in den Stamm einer hohlen Platane schleuderten, die auf einer Insel wuchs. Die Tiere wußten um das Feuer, denn sie sahen den Rauch aus der Baumkrone aufsteigen. Wegen des Wassers aber konnten sie das Feuer nicht erreichen. Und so hielten sie eine Versammlung ab, um zu beraten, was zu tun sei. Dieses alles geschah vor sehr langer Zeit.

Jedes Tier, das fliegen oder schwimmen konnte, wollte gerne das Feuer holen. Auch der Rabe bot sich an, und weil er so groß und stark war, dachten alle, daß er diese Arbeit wohl erledigen könne. So wurde er als erster geschickt. Er flog hoch und weit über das Wasser und ließ sich zum Schluß auf der Platane nieder. Aber während er noch überlegte, was als nächstes zu tun sei, hatte die Hitze schon alle seine Federn schwarz versengt. Der Rabe bekam Angst und flog ohne Feuer zurück.

Als nächste bot sich die kleine Screech Owl an, es zu versuchen. Sie erreichte den Ort auch ohne Probleme, aber während sie in den hohlen Baum hineinschaute, kam ein Schwall heißer Luft hoch und verbrannte ihr fast die Augen. Sie schaffte es gerade noch, nach Hause zurückzufliegen, aber es dauerte eine lange Zeit, bis sie wieder richtig gut sehen konnte, und bis zum heutigen Tage sind ihre Augen rot.

Dann machten sich die Hooling Owl und die Horned Owl auf den Weg; aber als sie endlich zu dem hohlen Baum kamen, brannte das Feuer so wild, daß der Rauch sie fast blendete. Und die vom

Wind hochgewehte Asche legte sich als weißer Ring um ihre Augen. So mußten sie ohne Feuer wieder nach Hause fliegen, und trotz vielen Reibens wurden sie die weißen Ringe nie wieder los.

Nun wollte keiner der Vögel mehr das Wagnis auf sich nehmen. Da sagte die kleine Uksu'hi-Schlange, der schwarze Renner, daß sie durch das Wasser gehen würde, um etwas Feuer zu holen. Sie schwamm hinüber zur Insel, schlich durch das Gras hindurch zu dem Baum und kroch in ihn hinein durch ein kleines Loch unten am Stamm. Aber auch für sie waren Hitze und Rauch zuviel; und nachdem sie wie blind über die heiße Asche hin und her gehüpft war und fast selbst in Flammen stand, schaffte sie es, durch dasselbe Loch wieder hinauszuschlüpfen. Aber ihr Körper war schwarz versengt, und seither hat sie die Angewohnheit, auf ihrem Weg hin und her zu schießen, als ob sie versuchte, aus einem geschlossenen Raum zu entkommen.

Sie kam zurück, und die große schwarze Schlange Gule'gi, ›der Kletterer‹, bot sich nun an, das Feuer zu besorgen. Sie schwamm hinüber zur Insel und kletterte an der Außenseite des Baumes hinauf – so wie es die schwarzen Schlangen gewöhnlich tun. Doch als sie ihren Kopf in das Loch hinuntersteckte, wurde sie vom Rauch beinahe erstickt, so daß sie in den brennenden Baumstumpf fiel; bevor sie wieder herausklettern konnte, war sie so schwarz wie Uksu'hi.

Nun hielten die Tiere eine neue Versammlung ab, denn sie hatten immer noch kein Feuer, und die Erde war kalt. Aber die Vögel, die Schlangen und die vierfüßigen Tiere, sie alle hatten eine Entschuldigung, um nicht gehen zu müssen, denn sie wagten sich nicht mehr in die Nähe der brennenden Platane; bis sich zum Schluß die Wasserspinne bereit erklärte, zu gehen. Dies war nicht die Wasserspinne, die wie ein Moskito aussieht, sondern die andere, die mit schwarzem, flaumigem Fell und roten Streifen auf dem Körper. Sie kann auf der Oberfläche des Wassers laufen und bis zu seinem Grund tauchen. Deshalb würde es für sie keine Probleme geben, zur Insel hinüberzukommen. Die Frage war nur, wie konnte sie das Feuer zurückbringen? »Ich schaffe das schon«, sagte die Wasserspinne; und so spann sie einen Faden aus ihrem Körper und webte ihn zu einer Tusti-Schale, die sie dann auf ihrem Rücken befestigte.

Dann lief sie über das Wasser und durch das Gras dorthin, wo das Feuer immer noch brannte. Sie legte ein kleines Stückchen brennende Kohle in ihre Schale und lief damit zurück. Seither haben wir das Feuer und die Wasserspinne ihre Tusti-Schale.

Cherokee

Verwandte am Nachthimmel

Acht Kinder der Kiowa-Indianer spielten miteinander, sieben Schwestern und ein Bruder. Plötzlich verlor der Junge seine Sprache. Er zitterte und begann auf Händen und Füßen zu laufen. Seine Finger wurden zu Klauen und sein Körper wurde von einem Pelz überzogen. Genau dort, wo der Junge gewesen war, stand nun ein Bär. Die Schwestern waren entsetzt und rannten fort, aber der Bär verfolgte sie. Als sie zum Stamm eines großen Baumes kamen, begann dieser, zu ihnen zu sprechen. Er gebot ihnen, an ihm hochzuklettern, und als sie es taten, wuchs er immer höher in die Luft hinein.

Der Bär kam, um sie zu töten, aber sie waren gerade außer Reichweite. Er richtete sich am Baum auf und riß rundherum die Borke mit seinen Klauen ab. Die sieben Schwestern wurden in den Himmel getragen und wurden zu den Sternen des »Großen Bären«.

Seit dieser Zeit und solange dieser Mythos lebt, haben die Kiowa Verwandte am Nachthimmel ... Wie schlecht es ihnen auch geht, wie sehr sie gelitten haben und noch leiden werden: Sie haben einen Weg aus der Wildnis heraus gefunden.

Kiowa

Das Nordlicht

Vom Nordlicht sagt man, daß es Fackeln seien in den Händen von Geistern, die auf der Suche nach den Seelen von gerade Verstorbenen sind, um sie über den Abgrund am Ende der Welt zu führen. Ein enger Pfad führt hinüber in das Land des Lichtes und des Überflusses, in dem es weder Krankheit noch Schmerzen gibt und in dem Nahrung jeglicher Art immer im Überfluß zur Verfügung steht.

Zu diesem Ort kann niemand gelangen außer den Toten und dem Raben. Wenn die Geister mit den Menschen auf der Erde in Verbindung treten möchten, machen sie ein pfeifendes Geräusch, und die Menschen antworten mit flüsternder Stimme. Die Eskimos sagen, daß sie das Nordlicht herbeirufen und sich mit ihm unterhalten können. Durch die Geister des Nordlichts senden sie Botschaften an ihre Toten.

Eskimo

Die fünf Wassergeister

Es war einmal ein alter grauer Mann, der auf der Spitze eines Berges lebte. Von dort aus konnte er gerade noch das Meer sehen. Seine Hütte war aus Birkenborke und glänzte im Sonnenlicht wie Silber.

Er hatte fünf wunderschöne Töchter, die Su, Mi, Hu, Sa und Er hießen.[6]

Eines Tages sagte die jüngste Tochter: »Schwestern, laßt uns zum

6. Su = Superior Hu = Huron Er = Erie
Mi = Michigan Sa = St.Claire

weiten blauen Meer gehen und dort spielen, wo die Wellen gegen die Felsen schäumen.« Und so liefen sie aus der Hütte hinaus und den Berg hinunter. Alle zogen sie wallende Gewänder aus schneeweißem Schaum an, die beim Laufen hinter ihnen her flatterten. Ihre Sandalen waren aus gefrorenen Wassertropfen und ihre Flügel aus gemaltem Wind. Sie tollten über Täler und Ebenen, bis sie an einen großen kahlen Felsen kamen, hoch wie ein Berg.

Dort rief die Jüngste: »Hier müssen wir einen schrecklichen Sprung wagen, aber wenn wir Angst haben und nach Hause zurückgehen, wird unser Vater uns auslachen.« Und so stürmten sie alle wie Vögel mit einem fröhlichen Sprung den Felsen hinunter.

Sie riefen: »Ha-ha, laßt es uns noch einmal versuchen.« Und sie kletterten wieder auf die Spitze des Felsens, sie jubelten vor Freude, und immer wieder ging es ohne Pause den Berg hinunter. Dabei lachten sie wie Mädchen, wenn sie Ferien haben.

Der Tag verging, und als die Abenddämmerung kam, lachten und spielten sie noch immer. Der runde Vollmond ging auf, und in seinem silbernen Licht sprangen sie von dem hohen kahlen Felsen und kletterten voller Freude wieder hinauf.

Am nächsten Morgen, als die Sonne aufging, war der Felsen nicht mehr kahl. Über seinen steinigen Abgrund ergossen sich Fluten schäumenden Wassers, und in dem Schaum spielten immer noch die fünf Schwestern.

Sie erreichten niemals das Meer, sie spielen dort immer noch und bilden die wunderbaren Niagara-Fälle. Manchmal – wenn man genau hinsieht – kann man ihre Umrisse sogar in dem weißen Schaum erkennen; aber immer kann man in der sonnendurchfluteten Gischt ihre Sandalen und ihre Flügel sehen.

Canada

Wie die Apachen Tonerde bekamen

Am Anfang der Welt gab es nur einen alten Mann und eine alte Frau. Da sie den ganzen Tag über nichts zu tun hatten, beteten sie zu demjenigen, der die Erde gemacht hatte; sie baten ihn um eine Arbeit, von der sie leben könnten. Und siehe da, eines Tages kam ein Geistwesen und stand vor ihnen.

Zuerst führte es die beiden Alten zu einem Fels und sagte: »Das hier ist Gold. Es ist sehr viel wert. Weil ihr es aber nicht bearbeiten könnt, kann ich es euch nicht geben.«

Dann führte es sie zu einem anderen Fels und sagte: »Dieses ist Silber. Auch das ist wertvoll. Aber ihr kennt es nicht und wißt nicht, wie man es bearbeitet. Deshalb kann ich es euch nicht geben. Eines Tages werden Menschen über den Ozean kommen, von Osten her. Sie werden euch Kleidung und Nahrung geben; das ist der Grund, warum ich sie zu euch schicken werde. Und sie werden dieses Gold und Silber gern mögen.«

Daraufhin nahm das Geistwesen die alte Frau und den alten Mann mit zur anderen Seite des Berges. Dort war ein riesiges Loch. »Geht dort hinüber und grabt die Tonerde aus«, wies das Geistwesen die beiden Alten an. »Ich werde euch zeigen, wie man daraus Töpfe und Schalen macht. Und davon werdet ihr leben.«

Dann rief das Geistwesen die alte Frau zu sich herüber, berührte ihre beiden Hände mit seinen eigenen und sagte: »Nun bearbeite den Ton nach deinem eigenen Können und Verstehen.«

Und so gingen die beiden Alten hin, um Tonerde auszugraben. Die Frau formte dann eine Schale aus dem Ton und machte ihre Arbeit sehr gut. Sie machte Gefäße in allen Formen, aber sie konnte die verschiedenen Gefäße weder benennen, noch wußte sie, wozu jede Form zu gebrauchen sei. – In dieser Nacht beteten die alte Frau und der alte Mann wiederum, und das Geistwesen erschien der Frau im Traum. Es lehrte sie die Benutzung der Gefäße und deren Benennung. Außerdem sagte es ihr, daß sie ihr Wissen an ihre Kinder weitergeben müsse.

Apache

Wie dem Menschen das Geschenk seliger Freude verliehen wurde

Es gab einmal eine Zeit, da die Menschen keine Freude kannten. Ihr ganzes Leben bestand aus Arbeit, Essen, Verdauung und Schlaf. Ein Tag war wie der andere: Sie plagten sich, sie schliefen und sie erwachten, um sich wieder abzumühen. Die Eintönigkeit des Lebens ließ Herz und Verstand einrosten.

Zu dieser Zeit lebten ein Mann und seine Frau allein in ihrer Hütte nicht weit vom Meer. Sie hatten drei Söhne, alles lebhafte Jungen, die ebenso gute Jäger sein wollten wie ihr Vater. Deshalb waren sie schon in jungen Jahren sehr aktiv und beschäftigten sich mit Dingen, die sie stark und ausdauernd machen sollten. Und ihre Eltern waren stolz und fühlten sich sicher bei dem Gedanken, daß ihre Jungen für sie im hohen Alter sorgen und ihnen Nahrung bringen würden, wenn sie es einmal selbst nicht mehr konnten.

Aber es geschah, daß zuerst der älteste Sohn, bald darauf auch der zweitälteste, jagen gingen und nicht zurückkehrten. Sie hinterließen keine Spur, und alle Suche nach ihnen war vergebens. Die Eltern trauerten sehr wegen dieses Verlustes und achteten nun mit großer Sorgfalt auf ihren jüngsten Sohn, der zu dieser Zeit alt genug war, seinen Vater beim Jagen zu begleiten.

Dieser Sohn, der Ermine (Teriak) genannt wurde, ging besonders gern auf die Pirsch nach Karibus, während sein Vater lieber Meerestiere jagte. Und da Jäger nicht ihr ganzes Leben in Ängstlichkeit verbringen können, wurde dem Sohn sehr bald erlaubt, allein im Land herumzustreifen, während sein Vater mit dem Kajak auf das Meer hinausruderte.

Eines Tages – Ermine war wie gewöhnlich auf der Jagd nach Karibus – sah er über sich einen riesigen jungen Adler fliegen. Ermine nahm einige Pfeile heraus, aber er schoß sie nicht ab, da der Adler zur Erde herunterstieß und sich in kurzer Entfernung von ihm niederließ. Dort nahm er seinen Schopf ab und wurde zu einem jungen Mann. Er sprach: »Ich war es, der deine beiden Brüder getötet hat. Auch dich werde ich töten – außer du versprichst mir, bei deiner

Rückkehr nach Hause ein Fest mit Liedern zu veranstalten. Wofür entscheidest du dich?«

»Ich will es gern tun, aber ich verstehe nicht, was du sagst. Was ist ein Lied, was ist ein Fest?«

»Willst du es tun oder nicht?«

»Gerne, aber ich weiß nicht, was es ist.«

»Wenn du mir folgst, wird dich meine Mutter das lehren, was du nicht verstehst. Deine beiden Brüder verachteten das Geschenk der Lieder und der Fröhlichkeit. Sie wollten es nicht lernen, und so tötete ich sie. Nun magst du mit mir kommen. Sobald du gelernt hast, Worte zu einem Lied zusammenzufügen und es zu singen – sobald du gelernt hast, vor Freude zu tanzen, bist du frei und kannst nach Hause zurückkehren.«

»Ich werde mit dir gehen«, antwortete Ermine, und sie machten sich auf den Weg.

Der Adler war nicht länger ein Vogel, sondern ein großer und starker Mann in einem leuchtenden Umhang aus Adlerfedern. Sie wanderten und wanderten, immer weiter und weiter ins Land hinein; durch enge Felsschluchten und Täler und dann auf einen hohen Berg zu, den sie zu erklimmen begannen.

»Hoch oben auf dem Berg, dort steht unser Haus«, sagte der junge Adler. Und sie kletterten mühsam den Berg hinauf, höher und höher, bis sie schließlich einen weiten Blick über die Ebene der Karibu-Jäger hatten.

Als sie aber den Kamm des Berges erreichten, hörten sie plötzlich ein klopfendes Geräusch, das lauter und lauter wurde, je naher sie der Bergspitze kamen. Es hörte sich an wie die Schläge eines riesigen Hammers und war so laut, daß Ermine die Ohren dröhnten.

»Hörst du was?« fragte der Adler.

»Ja, ich höre ein seltsames, ohrenbetäubendes Geräusch, wie ich es nie zuvor gehört habe.«

»Es ist der Herzschlag meiner Mutter«, antwortete der Adler.

So erreichten sie schließlich das Haus des Adlers, das genau auf der äußersten Spitze gebaut war. »Warte hier auf mich. Ich muß meine Mutter vorbereiten«, sagte der Adler und ging hinein.

Einen Augenblick später kam er wieder heraus und holte Ermine.

Sie traten in einen großen Raum, eingerichtet wie die Hütten der Menschen, und auf der Schlafstelle saß ganz allein die Mutter des Adlers – alt, schwach und traurig. Ihr Sohn sprach nun: »Hier ist ein Mann, der versprochen hat, ein Gesangsfest zu veranstalten, wenn er nach Hause kommt. Aber er sagt, daß die Menschen es nicht verstehen, Worte zu Liedern zu fügen, und auch nicht, die Trommeln zu schlagen und vor Freude zu tanzen. Mutter, die Menschen wissen nicht, wie man lustig ist, und dieser junge Mann ist nun gekommen, es zu lernen.«

Diese Rede brachte neues Leben in die schwache, alte Mutter Adler, und ihre müden Augen öffneten sich plötzlich weit, als sie sagte: »Zuallererst mußt du eine Festhalle bauen, in der viele Menschen zusammenkommen können.«

Und so machten sich die beiden jungen Männer an die Arbeit und bauten die Festhalle. Diese wird eine Kagsse genannt und ist größer und schöner als normale Häuser. Und als sie fertig war, lehrte Mutter Adler sie, wie man Worte zu Liedern zusammensetzt und wie man Töne hinzufügt, so daß die Lieder gesungen werden können. Sie baute eine Trommel und brachte ihnen bei, wie man sie im Rhythmus zur Musik schlägt und wie man zu den Liedern tanzt.

Als Ermine alle diese Dinge gelernt hatte, sprach sie: »Vor jedem Fest mußt du sehr viel Fleisch einholen und viele Menschen einladen. Dieses mußt du tun, nachdem du eine Festhalle gebaut und Lieder verfaßt hast. Denn wenn Menschen zu einem Fest zusammenkommen, erwarten sie üppige Mahlzeiten.«

»Aber wir kennen keine Menschen außer uns selbst«, antwortete Ermine.

»Die Menschen sind einsam, weil sie das Geschenk der Freude noch nicht kennen«, sagte die Mutter Adler.

»Bereite alles so vor, wie ich es dir gesagt habe. Wenn alles fertig ist, gehe hinaus und suche Menschen. Du wirst sie in Paaren finden. Suche viele zusammen und lade sie ein, mit dir zu kommen. Und dann veranstalte dein Gesangsfest.«

So sprach die alte Mutter Adler, und als sie Ermine alles ganz genau erklärt hatte, sagte sie zum Schluß zu ihm: »Ich bin zwar ein Adler, aber ich bin auch eine alte Frau mit dem gleichen Sinn für

Freuden wie andere Frauen. Ein Geschenk ruft nach einem Gegengeschenk. So ist es nur richtig, wenn du mir zum Abschied ein kleines Stück Bogensehne gibst. Es ist zwar nur ein kleines Geschenk, aber es wird mir Freude machen.«

Ermine war zuerst traurig, denn woher sollte er eine Bogensehne bekommen, so fern von zu Hause. Aber plötzlich erinnerte er sich, daß seine Pfeilspitzen an den Pfeilen mit Sehnen befestigt waren. Er löste sie und gab sie der Adlermutter, auch wenn dieses Geschenk nur eine Kleinigkeit war.

Daraufhin legte der junge Adler wieder sein leuchtendes Gewand an und bat seinen Gast, auf seinen Rücken zu steigen und ihm die Arme um den Hals zu legen. Dann stürzte er sich über die Felskante. Ein tosender Krach war zu hören, und Ermine dachte, seine letzte Stunde sei gekommen. Aber dieses dauerte nur einen Moment, denn schon setzte der Adler auf und bat ihn, die Augen zu öffnen. Und sie waren wieder genau an dem Platz, an dem sie sich zuerst getroffen hatten. Sie waren Freunde geworden und verabschiedeten sich jetzt herzlich voneinander, da sie sich trennen mußten.

Ermine eilte schnell nach Hause zu seinen Eltern und erzählte ihnen von seinem Abenteuer. Er schloß seine Erzählung mit den Worten: »Die Menschen sind einsam. Sie leben ohne Freude, da sie nicht wissen, wie man fröhlich ist. Nun hat mir der Adler das Geschenk seliger Freude gemacht, und ich habe versprochen, alle Menschen einzuladen und das Geschenk mit ihnen zu teilen.«

Vater und Mutter hörten ihrem Sohn voller Erstaunen zu und schüttelten ungläubig den Kopf; denn wie kann jemand das Geschenk des Adlers verstehen, der niemals sein Blut in Aufruhr gespürt und niemals sein Herz im Jubel hat pochen hören. Aber die alten Menschen wagten nicht, ihm zu widersprechen, da ihnen der Adler bereits zwei ihrer Söhne genommen hatte. Sie sahen, daß ihm zu gehorchen sei, wenn sie nicht ihren letzten Sohn auch noch verlieren wollten.

So taten sie alles, was der Adler von ihnen verlangt hatte. Eine Festhalle wurde genau wie die der Adler gebaut, und die Speisekammer wurde gefüllt mit dem Fleisch der Meerestiere und des Karibu.

Vater und Sohn kombinierten lustige Worte miteinander, sie beschrieben ihre liebsten und tiefsten Erinnerungen in Liedern und machten Musik dazu. Sie stellten Trommeln her, rasselnde Tambourine aus straffen Karibu-Häuten mit runden hölzernen Rahmen. Und zum Rhythmus der Trommelschläge, welche die Lieder begleiteten, bewegten sie Arme und Beine und hopsten vergnügt in lebhaften Sprüngen umher.

So wurde ihnen warm, sowohl im Geist wie auch im Körper, und auf einmal betrachteten sie alles um sich herum in einem neuen Licht. An vielen Abenden lachten und witzelten sie nun, frech und voller Freude, an denen sie früher den ganzen Abend aus blanker Langeweile verschnarcht hatten.

Sobald alle Vorbereitungen beendet waren, ging Ermine hinaus, um Leute für das bevorstehende Fest einzuladen. Zu seinem großen Erstaunen entdeckte er, daß seine Eltern und er jetzt nicht mehr alleine waren. Fröhliche Menschen finden Gesellschaft. Auf einmal traf er überall Menschen, immer in Paaren. Seltsam sahen sie aus: Manche waren in Wolfshäute gekleidet, manche in das Fell des Vielfraßes, andere in das des Luchses, des roten Fuchses, des Silberfuchses oder des Kreuzfuchses – tatsächlich waren die Felle aller Tiere vertreten. Ermine lud sie alle zum Festessen in seine neue Festhalle ein, wohin sie ihm voller Freude folgten. Dort veranstalteten sie ihr Gesangsfest, auf dem jeder sein eigenes Lied sang. Es gab Gelächter,

Gespräche und Gesang, und die Menschen waren so sorglos und glücklich wie nie zuvor.

Das vorzügliche Essen wurde gelobt, Fleisch wurde als Geschenk ausgetauscht, Freundschaften entstanden, und es gab mehrere, die einander kostbare Felle schenkten.

Die Nacht verging, und die Gäste verließen das Fest nicht, bevor das Morgenlicht in den Festsaal schien. Und dann, als sie aus dem Flur herausdrängten, fielen sie alle nach vorn auf ihre Hände und sprangen auf allen vieren davon. Nun waren sie nicht länger Menschen, sondern hatten sich in Wölfe, Vielfraße, Luchse, Silberfüchse ... tatsächlich in alle Tiere des Waldes verwandelt.

Es waren die Gäste, die die alte Mutter Adler geschickt hatte, damit Vater und Sohn nicht vergebens suchen sollten. So groß war die Macht der Freude, daß sie sogar Tiere in Menschen verwandeln konnte. Und so waren Tiere – die ohnehin schon immer unbeschwerter waren als Menschen – die ersten Gäste der Menschen bei einem Fest.

Es traf sich, daß bald nach diesem Fest Ermine beim Jagen dem Adler wieder begegnete. Sofort nahm dieser seinen Schopf ab und verwandelte sich in einen Mann. Gemeinsam stiegen sie noch einmal zum Haus des Adlers empor, denn die alte Mutter Adler wollte noch einmal den Mann sehen, der das erste Gesangsfest für das Menschengeschlecht veranstaltet hatte.

Bevor sie noch den Gipfel erreicht hatten, kam ihnen schon Mutter Adler entgegen, um ihnen zu danken – und siehe da: die schwache, alte Adlerfrau war wieder jung geworden.

Denn wenn Menschen feiern und fröhlich sind, werden alte Adler wieder jung.

Diese Geschichte wird von den alten Leuten von Kanglanek erzählt, einem Land, das dort liegt, wo die Wälder an der Quelle des Colville-River beginnen. Sie sagen, daß das Geschenk der Freude auf diese seltsame und unerklärliche Art und Weise zu den Menschen kam.

Und der Adler wurde der heilige Vogel der Lieder, des Tanzes und aller Feierlichkeiten.

Eskimo

Das Ende der Welt: Die Büffel gehen fort

Alle Dinge, welche die Kiowa-Indianer besaßen, stammten von den Büffeln. Ihre Tipis waren aus Büffelfell gefertigt, ebenso ihre Kleidung und ihre Mokassins. Ihre Gefäße waren aus Büffelfell, aus Harnblasen oder aus Mägen. Die Büffel bestimmten das Leben der Kiowa.

Vor allem aber waren die Büffel Teil der Kiowa-Religion. Ein weißes Büffelkalb mußte während des Sonnentanzes geopfert werden. Die Priester benutzten Teile des Büffels für ihre Gebete, wenn sie Menschen heilten oder wenn sie zu den überirdischen Mächten sangen.

So kam es, daß die Büffel die Kiowa auch zu der Zeit noch schützten, als die Weißen Eisenbahnlinien bauten und Land bewirtschaften oder Rinder züchten wollten. Sie zerstörten die Eisenbahngleise und die Gärten der Weißen. Sie jagten die Rinder aus den Koppeln. Die Büffel liebten ihr Volk ebensosehr, wie die Kiowa sie liebten.

Es war Krieg zwischen den Büffeln und den Weißen. Die Weißen bauten Forts auf dem Land der Kiowa, und die wollköpfigen Büffelsoldaten (es war die zehnte Kavallerie, die aus Schwarzen bestand) schossen die Büffel so schnell sie konnten; aber es kamen immer mehr Büffel. Sie kamen sogar auf den Garnisonsfriedhof von Fort Sill. Die Soldaten waren nicht imstande, sie zurückzuhalten.

Daraufhin heuerten die Weißen Jäger an, die nichts anderes zu tun hatten, als Büffel zu töten. Sie durchstreiften die Prärie von einem Ende zum anderen und töteten manchmal 100 Büffel am Tag. Nach ihnen kamen die Abdecker mit ihren Waggons. Sie stapelten die Häute und Knochen in den Waggons, bis sie voll waren, und brachten diese zu den gerade neu errichteten neuen Eisenbahnstationen, von denen sie dann nach Osten zu den Märkten geschickt wurden. Manchmal war der Knochenberg so hoch, wie ein Mensch groß ist, und erstreckte sich über eine Meile an den Schienen entlang.

Die Büffel sahen, daß ihre Zeit vorüber war. Sie konnten ihr Volk nicht länger beschützen. Traurig versammelte sich der letzte Überrest der großen Herde, um zu beratschlagen, was zu tun sei.

Die Kiowa hatten ihre Zelte an der Nordseite von Mount Scott aufgeschlagen – zumindest diejenigen, die noch frei waren. Eines Morgens stand eine junge Frau sehr früh auf. Der Morgennebel stieg immer noch vom Medicine Creek hoch, und als sie über das Wasser blickte und durch den Dunst spähte, sah sie die letzte Büffelherde, die wie ein Traum von Geistern erschien.

Das Leittier der Herde marschierte direkt auf Mount Scott zu. Hinter ihm kamen die Muttertiere mit ihren Kälbern und ein paar junge Bullen, die überlebt hatten. Gerade als die Frau hinschaute, öffnete sich die Vorderseite des Berges. Im Innern war die Welt grün und frisch, so wie sie gewesen war, als die Frau noch ein kleines Mädchen war. Die Flüsse strömten klar, nicht rot. Die wilden Pflaumen blühten und schoben die roten Knospen an der Innenseite des Berges hoch. In diese Welt der Schönheit zogen die Büffel, um sich nie mehr sehen zu lassen.

Kiowa

Old Lady Horse (Spear-Woman) von den Kiowa-Indianern erzählte die Geschichte der Amerikanerin Alice Mariott.

Wie Shingebiss den Nordwind besiegte

Heldenerzählungen

Shingebiss

Es war einmal eine kleine Ente, die Shingebiss hieß. Sie lebte ganz allein in einer kleinen Hütte und war sehr zufrieden und glücklich. Das Häuschen lag am Ufer eines Sees. Immer wenn die kalten Wintertage kamen und der See ganz zugefroren war, flogen all die anderen Enten in wärmere Länder. Nur Shingebiss hatte keine Angst vor der Kälte. Sie sammelte vier große Holzklötze und brachte sie in ihre Hütte. Jeder Klotz war so groß, daß er einen ganzen Monat brennen konnte. Und da es nur vier kalte Monate gab, würden sie den Winter hindurch reichen.

Jeden Morgen ging Shingebiss zum See auf der Suche nach solchen Stellen, an denen die Binsen durch das Eis drangen. Sie zog diese mit ihrem starken Schnabel heraus und fing Fische durch diese Öffnung.

Kabibonokka, der Nordwind, erblickte sie eines Tages und sagte zu sich: »Was ist das für eine seltsame Person? Sie singt und ist sogar an den kältesten Tagen draußen. Aber ich werde ihr Singen verstummen lassen!«

Und so blies er einen kalten Sturm von Nordwesten, der den See viel tiefer als üblich gefrieren ließ. Aber immer noch kam Shingebiss morgens heraus, fing ihre Fische und ging singend nach Hause.

»Wie seltsam«, sagte der Nordwind, »ich kann sie nicht zum Frieren bringen; ich werde ihrer Hütte einen Besuch abstatten. Vielleicht kann ich das Feuer ausblasen.«

Und so ging er und klopfte an die Tür des Häuschens. Shingebiss war zu Hause. Sie hatte ihren Fisch gekocht und gegessen und lag nun, ein Lied singend, vor dem Feuer. Sie hörte den Nordwind an der Tür, tat aber so, als bemerkte sie ihn nicht. Sie fuhr fort, mit recht lauter Stimme zu singen:

»Gott des Windes, ich kenn' deinen Plan.
Du bist und bleibst mir zugetan.
Blas ruhig den eisigsten Wind und Verderben,
vor Kälte wird Shingebiss dennoch nicht sterben.
Jag zu mir den schrecklichsten Sturm aller Zeit,
bleibt Shingebiss immer noch an deiner Seit'.
Der Freude des Lebens immer gewiß –
wer ist so frei wie Shingebiss?«

Der Nordwind hörte sie und war sehr ärgerlich. Er blies seine kältesten Windstöße unter der Tür hindurch. Shingebiss fühlte das zwar, fuhr aber trotzdem fort zu singen.

Da öffnete der Nordwind die Tür und kam herein. Er setzte sich auch an das Feuer, aber Shingebiss tat, als sähe sie ihn nicht. Sie sang weiter und nahm nach einer Weile den Schürhaken und schürte das Feuer. Es loderte hoch auf, und nach ein paar Minuten rannen Tränen über Kabibonokkas Wangen. Er stieß seinen Stuhl vom Feuer weg und versuchte, seinen eisigen Atem gegen den brennenden Klotz zu blasen. Aber die warme Luft stieß die kalte zurück und hüllte Kabibonokka wie mit einem Mantel ein. Die Tränen rannen ihm nun in Strömen die Wangen hinunter, und das dicke Eis in seinem langen Bart und in seinem Haar schmolz und bildete Wasserpfützen auf dem Boden. Er konnte es nicht länger aushalten.

Als er aufstand und eilig zur Tür ging, sagte er zu sich selbst: »Ich kann ihr Feuer zwar nicht ausblasen, aber ich werde den See so sehr zufrieren lassen, daß sie keine Fische mehr fangen kann.«

In der Nacht blies er seinen allerkaltesten Atem. Am nächsten Morgen war das Eis auf dem See sehr dick. Die tapfere kleine Shingebiss ging von einem Platz zum andern, um eine dünne Stelle zu finden. Endlich gelang es ihr, doch ein Büschel Binsen herauszureißen; und als sie in das Loch schaute, sah sie eine Menge schöner Fische. Sie sang fröhlich, als sie diese fing, was der Nordwind natürlich hörte. Als er aus seinem Haus herausschaute, sah er, was Shingebiss tat. Zuerst war er sehr ärgerlich, dann aber bekam er auf einmal Angst.

»Dieser Ente hilft sicherlich Manitou«, sagte er, »ich muß sie nun in Ruhe lassen.« Daraufhin ging Kabibonokka wieder in sein Haus, schloß die Tür hinter sich, und Shingebiss sah ihn niemals wieder.

Canada

Schlangenlegende

Die Mitglieder des Schlangen-Clans im Dorfe Walpi erzählen folgende Geschichte: Einst saß der Sohn eines Häuptlings am Rand des Grand Canyon und fragte sich verwundert, wohin all das Wasser fließe. Er überlegte, daß er vielleicht seinem (stets an Wassermangel leidenden) Volk helfen könnte, wenn er diesem Wasser folgte und seinen Lauf erkundete. Deshalb baute er sich, dem Rat seines Vaters folgend, ein Boot, das geschlossen war wie ein Kasten, und fuhr mit ihm flußabwärts.

Er hatte viele Abenteuer zu bestehen, wie er sich so vom Fluß in Richtung auf das Meer hin tragen ließ. Schließlich gelangte er zum Haus der Spinnenfrau (Spider Woman), die ihm Essen anbot und ihm gute Ratschläge gab. Dann verbarg sie sich hinter dem Ohr des jungen Mannes und begleitete ihn auf seiner weiteren Reise.

Nacheinander begegneten sie einem Panther, einem Bär, einer Wildkatze, einem grauen Wolf und einer Klapperschlange. Jedes dieser Tiere versuchte, den jungen Mann aufzuhalten, und jedes von ihnen wurde durch ein Gebetsstäbchen besänftigt, das Spinnenfrau ihm zum Geschenk machte.

Schließlich kamen sie zu einer Schlangen-Kultstätte (Snake Kiva), über der die Bogenstandarte stand, genauso wie sie heute über dem Schlangen-Kiva steht, wenn die Priester darin beten.

Im Kiva waren Männer und Frauen. Der Älteste gab dem jungen Mann eine Pfeife und sagte: ›Rauche, aber schlucke den Rauch hinunter.‹ Dieses erschien dem jungen Mann unmöglich. Aber die freundliche Spinnenfrau, die noch hinter seinem Ohr saß, schaffte den Rauch nach hinten fort. So war es ihm möglich, diese Prüfung zu bestehen.

Dann streiften alle Männer und Frauen Schlangenhäute über, die an der Wand hingen – und wurden, wie durch ein Wunder, plötzlich in Schlangen verwandelt. Der junge Mann erhielt die Anweisung, eine Schlange zu fangen. Ermutigt durch die Spinnenfrau, griff er nach dem jüngsten und hübschesten Mädchen, das sich in eine gelbe Klapperschlange verwandelt hatte. Sie war bösartig, doch die Spinnenfrau gab ihm eine Medizin, die er mit seinem Mund auf sie sprühte. So fing er sie. Sofort wurde sie sehr sanft und freundlich und brachte ihm Piki-Brot, Melonen und Pfirsiche zu essen.

Dieses schien das Ende der Initiation des jungen Häuptlings zu sein, aber er schuldete immer noch seine Initiationsgabe aus Perlen

So machte er sich mit Spinnenfrau auf den Weg, sie zu erlangen. Sie kamen an das Haus einer alten häßlichen Hexe; der junge Mann gab ihr Gebetsstäbchen. Daraufhin verwandelte sie sich in eine schöne junge Frau, mit der er vier glückliche Nächte verbrachte. Am Ende dieser Tage gab sie ihm einen Beutel voller Perlen und Muscheln. Diese sollten sich vermehren auf seinem Heimweg – unter der Bedingung, daß er nicht in den Beutel hineinschaue. Tue er das doch, so würden sie alle verschwinden.

Und so zog der junge Häuptling zurück zum Schlangen-Kiva, heiratete das Schlangenmädchen und machte sich vier Tage später zusammen mit ihr auf den Heimweg.

Wie alle Märchenhelden, so war auch dieser junge Mann schrecklich in Versuchung, sich verbotenerweise die Perlen in dem Beutel anzuschauen. Er lugte also in die Tasche, die jeden Tag schwerer geworden war. Und es passierte genau das, was prophezeit worden war: Die Perlen verschwanden. Aus diesem Grunde – so sagen die Hopi – haben sie heute so wenige Perlen.

Auf der anderen Seite aber beachtete der junge Mann alle Regeln hinsichtlich seiner Frau und brachte sie sicher nach Hause. Dort schenkte sie zunächst vielen kleinen Schlangen das Leben. Diese bissen die Hopi-Kinder und waren darum bei ihnen gar nicht beliebt. Deshalb sahen sich der junge Häuptling und seine Frau gezwungen, fortzuziehen. So kamen sie nach Walpi. Danach gebar die Schlangenfrau viele menschliche Kinder, die aber natürlich mit den Schlangen verwandt waren.

So gründeten sie den Schlangen-Clan ...

Hopi

Die Two-Hearts oder Die Welt der Zauberer

Vor vielen vielen Jahren heiratete ein junges Paar. Der Ehemann zog – wie es üblich war und ist – in das Haus seiner Schwiegermutter, um dort mit seiner Frau zu leben.

Am Anfang gab es noch keine Probleme, aber schon nach kurzer Zeit begann er, immer unruhiger zu werden. Er fühlte sich ständig beobachtet. Er spähte hierhin und dorthin, über seine Schultern, hinauf in den Himmel, herunter auf die Erde – aber er konnte niemanden sehen.

Dieses Paar lebte oben auf der Höhe der Mesa, an deren Fuß es unten einen alten Friedhof gab. Wenn Tote in ihre Decken eingehüllt wurden, wenn ihr Gesicht mit Baumwolle bedeckt und sie begraben waren, dann zerschmetterten die Angehörigen Tonkrüge auf ihren Gräbern und gaben alle Besitztümer des Toten weg. Zu anderen Zeiten näherte sich niemand dem Friedhof, außer er nahm den Maultierpfad, der von der Quelle am äußeren Rand des Friedhofs vorbeiführte. Nur die mit den gespaltenen Herzen, die Zauberer und Hexen, hielten sich dort auf, um mehr Macht zu bekommen und damit mehr Menschen verletzen zu können.

Bald bemerkte der junge Ehemann, daß die Verwandten seiner Frau zu sterben begannen. Es waren junge Menschen, harte Arbeiter, die ein ordentliches Leben führten. Aber sie wurden krank und starben, so daß die Frauen des Clans sich um ihre verwaisten Kinder kümmern mußten.

Die junge Frau äußerte ihre Trauer nicht laut, denn das ist nicht Hopi-Art. Aber oft erwachte ihr Mann nachts und fand sie schluchzend an seiner Seite. Und jedesmal, wenn er sie dann fragte, weshalb sie weine, antwortete sie: ›Ich weine, weil wir keine Kinder haben.‹ Denn obwohl sie sich sehr liebten und Kinder haben wollten, war sie noch nicht schwanger geworden.

So ging es immer weiter, ganze vier Jahre lang. Der Mann wurde immer unruhiger. Einmal sogar verließ er sie und ging zurück zum Haus seiner Mutter in einem anderen Dorf; aber seine Frau folgte ihm und bat ihn unter Tränen, wieder zu ihr zurückzukommen. So gab er schließlich nach und ging wieder mit ihr.

Eines Abends sagte seine Frau während der Dämmerung zu ihm: ›Ich frage mich, wo meine Mutter ist. Ich denke, sie sollte so spät nicht mehr draußen sein.‹

›Ich weiß nicht, wohin sie gegangen ist‹, antwortete ihr Mann. ›Ich war den ganzen Tag draußen auf den Feldern. Wie soll ich da wissen, was ihr Frauen währenddessen tut?‹

›Bitte geh sie suchen‹, sagte die Frau.

›Nicht, bevor ich mein Abendessen gegessen habe‹, antwortete der Mann.

So gab sie ihm gekochte Bohnen mit Lammfleisch und etwas gebackenem Mais und eine Tasse Kaffee.

Als er sein Essen beendet hatte, sagte der Mann: ›Das war gut. Nun werde ich mich auf die Suche nach deiner Mutter machen.‹

›Das ist schön‹, antwortete seine Frau. ›Nimmst du auch noch die Wasserflasche mit und füllst sie an der Quelle? Sie ist fast leer.‹

Ihr Mann murrte etwas, aber schließlich nahm er doch den flachen Behälter und schlang sich den Riemen der Flasche um seine Stirn, genauso wie die Frauen es tun. Es war ja dunkel, und kein anderer Mann konnte deshalb sehen, daß er Wasser wie eine Frau trug.

Der junge Mann kletterte vorsichtig den Pfad zur Quelle hinunter; die Kieselsteine waren rauh unter seinen Moccassins. Er erreichte die Quelle sicher und hielt die Flasche unter das Rinnsal, bis sie voll war. Daraufhin schlang er sich den Riemen wieder um die Stirn und machte sich auf den Rückweg zum Dorf, um seine Schwiegermutter zu suchen. Er dachte, daß sie vielleicht Verwandte besuche.

Aber gerade als er die Ecke des alten Friedhofs erreichte, schlug ihm etwas in den Rücken, und er spürte, wie sich Beine um seine Hüften klammerten.

›Ich werde dich mitnehmen‹, zischte ihm eine Stimme ins Ohr. Der Mann konnte nicht erkennen, ob es eine Frauen- oder Männerstimme war. ›Ich werde dich jetzt sofort mit mir nehmen, weg von hier. Wir Zauberer haben heute eine Versammlung, und es ist meine Aufgabe, ein neues Mitglied mitzubringen. Ich werde dich mitnehmen zum Kiva der Zauberer und aus dir einen von uns machen. Wenn ich das nicht tue, werden sie mich töten.‹

›Das kannst du nicht tun!‹ antwortete der Mann. ›Ich bin ein Kachina-Priester, und die Kachinas werden mich beschützen.‹

›Ich werde dich wie einen Maulesel reiten‹, zischte der Zauberer und schlug ihn mit dem Stamm einer Yuccapflanze. ›Tu, was ich dir sage, und geh, wohin ich dir befehle! Ich habe dich gefangen, und nun wirst du einer von uns werden.‹

Aber der Mann beharrte darauf: ›Die Kachinas werden mich beschützen.‹ Wieder schlug ihn der Zauberer mit der Yuccapflanze: ›Tu, was ich dir sage!‹

Der Mann stolperte und versuchte, den Zauberer abzuschütteln – aber vergebens. Dieser schlug ihn nur noch mehr, und schließlich gab der Mann auf und folgte den Anweisungen bis hin zum Kiva der

Zauberer. In seinem Herzen aber betete er zu den Kachinas; er sagte ihnen, daß er versucht habe, ein guter Mensch zu sein, und daß sie sich seiner Familie annehmen sollten; daß er ihr Priester habe werden wollen und daß er daran glaube, daß sie mächtiger als die Zauberer seien.

Schließlich ragte die Felswand der Mesa undeutlich vor ihnen in der Dunkelheit auf. Der Zauberer rutschte von seinem Rücken herunter und klopfte viermal gegen den Felsen. Er öffnete sich genau vor ihnen. Innen sah der Mann viele bekannte Gesichter in einer Versammlung zusammensitzen.

Draußen konnte er hinter sich im schwachen Licht des Kivafeuers seine Schwiegermutter stehen sehen. Zwischen ihr und ihm aber stand die Sonnenkachina, die mächtigste aller Kachinas.

›Gehe heim zu deiner Frau‹, sagte die Sonnenkachina. ›Du wirst nun immer sicher sein.‹

Der Mann ging nach Hause, er hatte immer noch den Wasserbehälter auf seinem Rücken. Alles, was er zu seiner Frau sagte, war: ›Ich konnte deine Mutter nirgends finden.‹

Sie gingen zu Bett, und spät in der Nacht hörten sie das Öffnen der Tür, und die alte Frau kam herein. Sie schlich sehr leise in ihr eigenes Bett, aber die beiden wußten, daß sie gekommen war. Der Mann betete die ganze Nacht zu den Kachinas; er wagte es nicht, mit einer Zauberin in seinem Hause zu schlafen.

Seit diesem Tag aber schrumpfte und verwelkte die alte Frau. Die jungen Familienmitglieder wurden wieder stark und gesund, während sie dahinsiechte und verfiel.

Nur ein einziges Mal noch öffnete sie ihren Mund, sie rief nach Wasser. Aber als sie es ihr gaben, konnte sie es nicht schlucken, nicht einmal mit Hilfe eines Yuccablatts. Innerhalb eines Jahres starb sie.

Hopi

Yaponcha der Windgott

Vor vielen Jahren hatten die Hopi sehr großen Kummer mit dem Wind. Er blies und blies ohne Unterbrechung. Er trieb den Sand von ihren Feldern, und wenn sie ihr Getreide säen wollten, fegte der Wind die Erde fort, bevor die Samen überhaupt sprießen konnten. Überall herrschten Traurigkeit und Kummer. Von vielen Menschen wurden Gebetsopfer dargebracht. Aber es änderte sich nichts.

Viele Ratsversammlungen wurden von den alten Männern in den Kivas (den unterirdischen Kulträumen) abgehalten. Sie saßen dort, rauchten ernsthaft ihre Pfeifen und fragten einander, warum ihre Götter ihnen wohl einen so starken Wind schickten. Nach einiger Zeit beschlossen sie, die »kleinen Gesellen« (die beiden kleinen Kriegsgötter Po-Okonghoya und seinen jüngeren Bruder Palongahoya) um Hilfe zu bitten. Sie riefen also diese »kleinen Gesellen« herbei. Als sie kamen, erkundigten sie sich, weshalb sie gerufen worden seien. Die Hopi berichteten ihnen, daß sie ihre Hilfe brauchten und daß mit dem Wind etwas geschehen müsse. Die »kleinen Gesellen« sagten, ja, sie würden sehen, was sich für das Volk tun ließe.

Sie forderten die Männer auf, in den Kivas zu bleiben und viele Gebetsfedern (pahos) herzustellen. Dann gingen sie zu ihrer weisen alten Großmutter Spinnenfrau (Spider Woman) und baten sie, süßen Maisbrei für sie zu kochen, damit sie ihn mit auf eine Reise nehmen könnten. Natürlich wußten sie, wer Yaponcha, der Windgott, war, und wo er lebte – dort drüben in der Nähe von Sunset Mountain, dem Berg des Sonnenuntergangs, in den großen Schluchten im schwarzen Fels.

Als der Maisbrei fertig war, kamen sie zum Kiva zurück, fanden die Gebetsfedern bereit und auch den Ball, den sie überallhin mitnahmen, um mit ihm zu spielen. Auch die Pfeile und Bogen waren da, denn es war fast so, als ob sie auf einen Kriegspfad gingen. So waren die Pfeile auch aus Drosselfedern (den Federn einer dem Rotkehlchen verwandten Drosselart) gemacht, von denen man zu jener Zeit annahm, daß sie sehr wirksam seien.

Die beiden »kleinen Gesellen« machten sich auf den Weg in Richtung San-Francisco-Berge (San Francisco Peaks). Die alten Männer begleiteten sie bis zum Little Colorado River; dort setzten sie sich nieder und rauchten ihre Pfeife.

Die kleinen Krieger aber gingen weiter und weiter – und spielten dabei mit ihrem Ball. Am vierten Tag erreichten sie das Haus des

Windgottes Yaponcha. Der Windgott lebte am Fuß des Sunset-Crater, des Kraters des Sonnenuntergangs, in einer großen Schlucht im schwarzen Fels, durch die er – schon immer und bis auf den heutigen Tag – atmet. Sie warfen die Gebetsfedern in die Schlucht, suchten dann schnell nach dem klebrigen Maisbrei ihrer Großmutter und versiegelten damit Yaponchas Tür. Der Windgott wurde sehr ärgerlich und blies und blies, aber er konnte nicht herauskommen. Die »kleinen Gesellen« lachten und machten sich auf den Heimweg – höchst zufrieden mit sich selbst.

Aber nach und nach stellten die Dorfbewohner nun fest, daß es sehr heiß war. Es wurde von Tag zu Tag wärmer und wärmer. Unten in den Kivas war die Hitze so schlimm, daß die Männer herauskamen. Und die Menschen kamen aus ihren Häusern, standen auf den Dächern und schauten und schauten zu den San-Francisco-Bergen, ob nicht endlich Wolken kämen. Aber da war nicht das kleinste bißchen einer Wolke zu sehen, die Schatten hätte spenden können, und nicht der kleinste Lufthauch war zu spüren, so daß die Menschen dachten, sie würden ersticken.

Sie meinten, sie sollten sofort etwas dagegen tun. So machten die Männer noch mehr Gebetsfedern, riefen die »kleinen Gesellen« wieder herbei und baten sie, sofort noch einmal nach Yaponchaki (dem Haus des Yaponcha) zu gehen und um Frieden zu bitten. Sie sollten Yaponcha Gebetsfedern überreichen und ihn rauslassen, denn diese Hitze sei noch viel schlimmer als der Wind.

Die »kleinen Gesellen« versicherten, daß sie losgehen und sehen würden, was sich machen ließe.

Am vierten Tag erreichten sie das Haus des Yaponcha und beratschlagten miteinander, was zu tun sei. Sie hielten es für das beste, dem Yaponcha nur ein kleines Loch zu öffnen, gerade groß genug zum Atmen, aber zu klein, um ganz herauszuschlüpfen. Also brachen sie etwas von dem Maisbrei wieder fort, und sogleich wehte ein angenehmer kühler Wind heraus; eine kleine weiße Wolke erschien am Himmel und zog über die Wüste hinüber zu den Dörfern der Hopi.

Als die »kleinen Gesellen« wieder in den Dörfern der Hopi ankamen, waren alle Menschen hocherfreut, und sie sind seitdem immer sehr dankbar. Und seit jener Zeit sind die Winde immer gerade richtig gewesen: stark genug, um den Menschen Kühlung zu verschaffen, ohne jedoch alle Dinge fortzublasen.

Seit jener Zeit und bis zum heutigen Tage werden im windigen Monat März von den Häuptlingen und Hohenpriestern der drei Dörfer auf der Second Mesa die Opfer der Gebetsfedern dem Windgott Yaponcha dargebracht.

Hopi

Mister Frosch und Mister Coyote

Coyote und Frosch-spirit hatten einen Streit darüber, wer von ihnen beiden Herr über den Regen sein sollte; wer also den Regen zur Erde schicken und dem Boden und der Natur die lebensnotwendige Feuchtigkeit geben sollte. Da die Argumente auf beiden Seiten gleich gut waren, wollten sie nun endlich zu einem Ergebnis kommen. Mister Coyote ist ein schneller Läufer, und er sagte: Laß es uns durch einen Lauf entscheiden. Wer diesen Lauf gewinnt, wird Herr sein über den Regen, über das feuchtigkeitsspendende Element der Natur!

Mister Frosch wußte, daß er bei einem solchen Wettbewerb keine Chance hatte, aber er sagte: »Laß mir Zeit, deinen Vorschlag zu überdenken. Die Herausforderung ist in Ordnung, aber laß mich darüber nachdenken!« Mister Frosch beriet sich mit seinen Frosch-Nachbarn, und diese beschlossen schließlich, ihm zu helfen. Sie arbeiteten einen Wechsellauf aus, bei dem der erste Frosch nach dem ersten Sprung ein Loch in den Boden graben und darin hockenbleiben würde. Nur ein Sprung – dann war ein anderer Frosch an der Reihe, und so weiter, die ganze Laufstrecke entlang.

Mister Frosch hatte den Wettbewerb akzeptiert und sagte: »An einem bestimmten Tag wird das Rennen stattfinden. Ich möchte Herr über den Regen sein, und Coyote möchte Herr über den Regen sein.« Und so vereinbarten sie das Rennen.

Der Tag des Rennens kam, und jeder Frosch sprang sein kleines Stück und versteckte sich dann im Boden. Sie begannen also das Rennen. Coyote dachte, er hätte alles perfekt vorbereitet, war aber irritiert, daß sich während der ganzen Laufstrecke etwas Seltsames nahe seinem Ohr und nahe seiner Seite bewegte.

Als das Rennen begann, sprangen die Frösche wie verabredet:

Der erste sprang zum zweiten, der zweite sprang als nächster, und so waren sie die ganze Zeit Seite an Seite mit Coyote bis zum Ende des Rennens. Am Ziel sah Coyote zurück und dachte, er hätte gewonnen. Hatte er aber nicht!

Daraufhin stritten sie darüber, wer denn nun das Rennen wirklich gewonnen habe. Frosch sagte: »Ich.« Coyote sagte: »Ich.« Und da sie sich nicht einigen konnten, schlossen sie einen Kompromiß. Coyote sagte: »Laß uns die Macht teilen. Ich habe einen bestimmten Teil der Kontrolle über die Feuchtigkeit und Frosch einen bestimmten anderen Teil.«

So kam es, daß Coyote Herr über den starken Regen mit Sturm und Blitz wurde und Frosch Herr über den sanften Regen, der so leicht von der Erde aufgenommen wird.

Das war ihre Art, die Macht zu teilen.

Navajo

Wir erkennen sofort, daß dieses Märchen ähnlich ist wie Märchen aus anderen Teilen der Welt, ähnlich etwa wie das deutsche Märchen vom Wettlauf zwischen dem Hasen und dem Igel – oder ähnlich wie das Märchen vom Wettflug aller Vögel, um den höchsten Flieger zu ermitteln. Der Gewinner hierbei ist bekanntlich nicht – wie erwartet – der Adler, sondern das kleine Goldhähnchen, das sich zunächst von den Flügeln des Adlers hat emportragen lassen und dann mit seinen frischen Kräften etwas höher steigen kann als der erschöpfte Adler.

Da es kaum Kontakte zwischen alten europäischen und alten indianischen Märchen gegeben haben wird, dürfen wir hinter dieser Ähnlichkeit wohl eine allgemein menschliche, ursprüngliche Weisheit vermuten, also ein Beispiel für die ›ursprünglich gemeinsame Sprache aller Menschen‹, für C. G. Jungs Archetypen. Diese universale Weisheit heißt in diesem Märchen: Auch durch Klugheit, durch Schlauheit, gar durch List und Gaunerei kann man gewinnen, und dieser Gewinn gilt. Das indianische Märchen führt allerdings über die anderen hinaus, als in ihm das Ergebnis des trickreichen Laufs nicht eindeutig ist. Also wird (nur hier) ein weiteres Lösungsmodell ausprobiert, der Kompromiß. Dieser löst dann endgültig auch den Streit zwischen Mister Coyote und Mister Frosch.

Was zwischen Sonne und Mond geschah

Liebesmythen

Die Sonne und der Mond

Die Sonne war eine junge Frau und lebte im Osten, während ihr Bruder, der Mond, im Westen lebte.

Nun hatte die Sonne einen Geliebten, der jeden Monat in der Dunkelheit der mondlosen Nacht zu ihr kam, um sie zu umwerben. Er kam immer in der Nacht und ging wieder, bevor der Tag anbrach. Und obwohl sich die Sonne mit ihm unterhielt, konnte sie sein Gesicht in der Dunkelheit nicht erkennen, und er sagte ihr auch nicht seinen Namen. So fragte sich die Sonne immer, wer ihr Geliebter wohl sei.

Schließlich hatte sie eine Idee, wie sie die Identität ihres Geliebten herausfinden könnte. Als er das nächstemal kam und sie in der Dunkelheit zusammensaßen, steckte sie heimlich ihre Hand in die Schlacke und Asche der Feuerstelle und strich dann mit ihren Fingern über sein Gesicht. Dabei sprach sie: »Dein Gesicht ist kalt; du hast sicherlich unter dem Wind gelitten.«

Nach einer Weile verließ er sie und ging wieder fort.

Als der Mond am nächsten Abend am Himmel aufging, war sein Gesicht mit Flecken bedeckt. Da wußte seine Schwester, daß er derjenige war, der sie immer besucht hatte.

Der Mond war sehr beschämt, daß sie nun Bescheid wußte. Deshalb hielt er sich so weit wie möglich von ihr entfernt am anderen Ende des Himmels auf. Seitdem hat er immer versucht, großen Abstand von der Sonne zu halten. Und wenn er doch manchmal in ihrer Nähe im Westen erscheinen muß, dann macht er sich so schmal wie ein Band, so daß er kaum zu sehen ist.

Cherokee

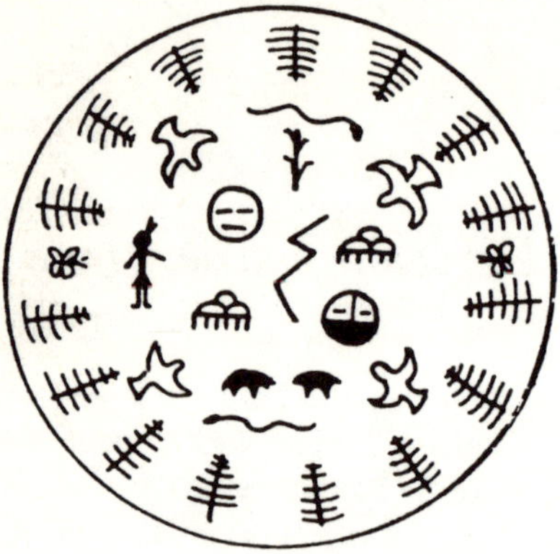

Das Bild, das lebendig wurde

Ein junger Häuptling auf den Queen-Charlotte-Inseln heiratete, aber schon kurze Zeit später wurde seine Frau sehr krank. Da ließ er überall Ausschau halten nach den allerbesten Schamanen, und wenn er von einem besonders guten in irgendeinem Dorf hörte, schickte er ein Kanu hin, um ihn holen zu lassen. Keiner von ihnen konnte ihr jedoch helfen, und nach sehr langer Krankheit starb sie.

Nun fühlte sich der junge Häuptling sehr einsam, weil er seine Frau verloren hatte. Er wanderte von Ort zu Ort auf der Suche nach den besten Holzschnitzern, denn er wollte sich ein Bild seiner Frau schnitzen lassen. Aber keiner konnte eines anfertigen, das ihr ähnlich sah.

Während all dieser Zeit gab es in seinem eigenen Dorf einen Schnitzer, der sehr viel besser war als all die anderen. Dieser Mann begegnete dem Häuptling eines Tages und sagte: »Du wanderst von Dorf zu Dorf, um Holz so schnitzen zu lassen, daß es wie das Gesicht deiner Frau aussieht. Und du kannst niemanden finden, der dazu in der Lage ist, nicht wahr? Ich habe deine Frau oft mit dir spazierengehen sehen. Zwar habe ich niemals ihr Gesicht genau betrachtet, mit dem Gedanken, daß du es vielleicht von jemandem schnitzen lassen möchtest. Aber ich werde es versuchen, wenn du es erlaubst.«

Der Schnitzer suchte sich ein Stück einer roten Zeder und begann daran zu arbeiten. Als er fertig war, ging er zum jungen Häuptling und sagte: »Nun kannst du kommen und es dir ansehen.« Er hatte die Figur so bekleidet, wie er die junge Frau immer gesehen hatte. So kam der Häuptling mit ihm, und als er ins Haus des Holzschnitzers eintrat, sah er dort seine tote Frau sitzen, gerade so, wie sie immer ausgesehen hatte. Das machte ihn sehr glücklich, und er nahm die Figur mit nach Hause. Dann fragte er den Schnitzer: »Was schulde ich dir für deine Arbeit?« Dieser antwortete: »Soviel, wie dir richtig erscheint.« Er hatte Mitleid mit dem Häuptling gehabt, als er sah, wie dieser um seine Frau trauerte, und so sagte er noch: »Ich habe die Figur geschnitzt, weil ich mit dir fühlte. Also bezahle mir nicht zuviel.«

Der Häuptling bezahlte den Schnitzer sehr gut, sowohl mit Arbeitstieren wie auch mit Waren.

Nun bekleidete der Häuptling die Figur mit den Kleidern seiner Frau und ihrem festlichen Gewand aus Marderfell. Er hatte das Gefühl, daß seine Frau zu ihm zurückgekehrt sei und behandelte die Figur wie sie selbst.

Eines Tages, als er in Trauer versunken sehr nahe bei dem Bildnis saß, fühlte er, daß es sich bewegte. Seine Frau hatte ihn auch sehr gern gemocht. Zuerst dachte er, die Bewegung geschehe nur in seiner Phantasie, und er beobachtete das Bildnis jeden Tag, da er dachte, die Figur würde eines Tages lebendig werden. Wenn er aß, hatte er sie immer nahe bei sich.

Im Laufe der Zeit erfuhr das ganze Dorf von der Figur, und alle kamen, um sie zu sehen. Viele mochten nicht glauben, daß es nicht die lebendige Frau selbst war, bis sie sie genau untersucht hatten.

Eines Tages, als der Häuptling sie schon eine lange, lange Zeit besaß, untersuchte er den Körper näher und stellte fest, daß er genau wie der Körper eines lebendigen Menschen war. Doch obwohl sie lebte, konnte sie sich weder bewegen noch sprechen.

Einige Zeit später jedoch kam aus dem Inneren der Figur ein Laut, der dem von knisterndem Holz ähnelte, und der Mann wußte, daß sie krank war. Als er sie von dem Platz, auf dem sie gesessen hatte, wegschieben ließ, fanden sie eine kleine rote Zeder, die auf dem Erdboden wuchs. Sie ließen sie dort, bis sie sehr groß geworden war, und aus diesem Grund sind die Zedern auf den Queen-Charlotte-Inseln so gut. Wenn Menschen dort rote Zedern suchen und eine besonders gute finden, dann sagen sie: »Diese sieht aus wie das Baby der Häuptlingsfrau.«

Jeden Tag ähnelte das Bild der jungen Frau mehr dem eines menschlichen Wesens und – wenn sie davon hörten – kamen Menschen aus den Dörfern von nah und fern, um es anzuschauen, so wie auch die junge Zeder. Und sie wunderten sich sehr darüber. Die Frau bewegte sich nur sehr wenig und sprach niemals, aber ihr Mann träumte, was sie ihm sagen wollte. Durch seine Träume wußte er, daß sie mit ihm sprach.

Tlingit

Das steinerne Kanu

Es war einmal ein wunderschönes Chippewa-Mädchen, das an eben dem Tag starb, als es einen kühnen jungen Krieger heiraten wollte. Dieser war zwar sehr tapfer, aber einen solchen Kummer konnte er fast nicht ertragen. Er setzte sich in die Tür seiner Hütte und ging nicht mehr mit den anderen Indianern auf die Jagd.

Er konnte nur noch an das tote Mädchen denken und wünschte

und wünschte, daß er in das Land der Seelen gehen könne, da er wußte, daß sie dort lebte. Aber er wußte nicht, wo dieses Land lag. Und alles, was ihm die alten Leute sagen konnten, war, daß es wohl im Süden liege.

Nachdem er nun viele Tage getrauert hatte, entschloß er sich, dieses Land zu suchen. Er packte einige Nahrungsmittel in eine Tasche, suchte seine Pfeile und den Bogen zusammen, pfiff nach seinem Hund und machte sich auf den Weg. Und obwohl er viele Tage wanderte, sah alles immer noch so aus wie in dem Land, das er gerade verlassen hatte – Wälder, Hügel und Täler, in denen der Schnee dick auf der Erde und wie Matten auf den Bäumen lag.

Aber dann verschwand der Schnee langsam, und als er immer weiter ging, sah er Bäume, an denen die Blätter sprossen, und er hörte die Lieder der Vögel. Nach einigen weiteren Tagen hatte er das südliche Land erreicht, wo alles warm und strahlend ist. Dort sah er einen engen Pfad, der durch den Wald auf einen Hügel hinaufführte.

Er folgte diesem Weg und fand auf der Spitze des Berges eine Hütte. In der Tür stand ein Indianer, der einen Umhang aus Bärenfell trug. Er war ein sehr alter Mann, aber seine Augen strahlten mild.

»Komm herein, Enkel«[7], sagte er, »ich habe dich erwartet. Das Mädchen, das du suchst, ging vor einigen Tagen hier vorüber. Du kannst ihm folgen und das Land der Seelen betreten, doch mußt du deinen Körper hier bei mir lassen. Meine Hütte ist das Tor in dieses wunderbare Land, und dort benötigst du weder deinen Körper noch deine Pfeile oder den Bogen. Laß sie bei mir, und ich werde sie sicher aufbewahren. Sieh dorthin! Siehst du die tiefe Schlucht und jenseits die wunderschöne Ebene? Das ist das Land der Seelen, und diejenige, die du suchst, ist schon dort.«

Plötzlich fühlte sich der junge Mann ganz leicht, und seine Füße begannen zu laufen, als ob sie Flügel hätten. Alles erschien ihm wie vorher, nur viel schöner, und die kleinen Tiere hatten keine Angst vor ihm. Sie schienen zu wissen, daß er sie nicht töten würde, und

7. »Großvater« oder »Enkel« sind bei vielen Indianern vertraute Anreden zwischen alten und jungen Menschen.

als er eilig durch den Wald lief, bemerkte er, daß ihn die Bäume nicht aufhielten. Er schien mitten durch sie hindurch zu laufen, und er bemerkte dann auch, daß sie nur die Bilder von Bäumen waren.

Schließlich kam er an einen wunderschönen See, dessen Wasser klar und glitzernd war. In der Mitte dieses Sees war eine Insel mit grünem Gras, Blumen und Vögeln. Und dann entdeckte er zu seiner Freude ein Kanu, das am Ufer lag. Es war aus glänzendem weißen Stein, und auch die Paddel leuchteten. Er kletterte in das Boot und stieß es vom Ufer ab. Und zu seiner großen Überraschung sah er sein geliebtes Mädchen in einem ebensolchen Kanu direkt neben ihm. Sie blieben nahe beieinander und begannen, über den See zu rudern. Die Wellen schienen immer größer zu werden und sahen aus der Entfernung so aus, als ob sie die beiden verschlingen würden. Aber wenn die Riesenwellen näher kamen, schwappten sie vorüber und schadeten ihnen nicht – und das Mädchen und ihr Geliebter bemerkten, daß es nur Gestalten, nur die Formen von Wellen waren.

Aber etwas anderes machte ihnen Angst. Das war die Klarheit des Wassers. Denn als sie hineinblickten, sahen sie die Körper von ertrunkenen Menschen, und überall im Wasser zappelten und versanken Männer und Frauen jeden Alters in den Wellen. Nur die Kanus der kleinen Kinder glitten sicher über das Wasser.

Schließlich erreichten sie in ihren Kanus das Ufer der Insel. Sie sprangen ans Land und liefen fröhlich durch das weiche Gras. Sie stellten fest, daß die Luft selbst Nahrung war, und sie dachten nur an große Dinge. Denn es gab keine Traurigkeit hier in diesem Land, keine kalten Winde, keinen Hunger – nur Fröhlichkeit und Klarheit.

Als der Krieger an der Seite des Mädchens dahinlief, hörte er auf einmal die Stimme des Herrn des Lebens zu ihm sprechen: »Geh zurück«, sagte er, »dorthin, wo du hergekommen bist. Dein Werk ist noch nicht vollendet. Geh zurück, sei ein guter Mann und tu all die Arbeit, die ich dir gebe. Du mußt den Geist deiner Geliebten verlassen, aber sie wird hier auf dich warten. Sie ist hier angenommen und wird immer jung und glücklich bleiben. Wenn deine Arbeit vollendet ist, werde ich auch dich aus dem Land des Hungers und der Tränen hierher in das wunderbare Land der Seelen rufen.«

Und so verabschiedete sich der junge Mann von dem Mädchen, stieg in das Kanu und überquerte den See. In ein paar Minuten hatte er die Hütte des alten Mannes erreicht. Der Indianer lächelte, als er ihn sah. »Komm herein, Enkel«, sagte er, »und du wirst deinen Körper hier finden.«

Der junge Mann gehorchte, und als er wieder herauskam, fühlte er sich wie vorher, als er zum erstenmal hierhergekommen war. Aber sein Herz war jetzt kühn. Der alte Indianer lächelte ihn wieder an. »Ich sehe, wie tapfer und stark du bist«, sagte er, »und meine Botschaft für dich ist: Bleib immer fröhlich und erheitere jedes traurige Leben, das du siehst.«

Der junge Mann versprach, der Weisung zu gehorchen. Dann drehte er sich nach einem letzten langen Blick auf das Land der Seelen um und begann seinen Heimweg.

Chippewa

Das indianische Aschenputtel

Am Ufer einer ausgedehnten Bucht am Atlantik lebte einst ein großer indianischer Krieger. Es wurde gesagt, daß er einer von Glooskaps besten Helfern und Freunden gewesen war und daß er viele wundervolle Taten für ihn vollbracht hatte. Aber das weiß heute niemand mehr so ganz genau.

Sicher ist nur, daß er eine ebenso wunderbare wie seltsame Macht besaß: Er konnte sich unsichtbar machen. So war es ihm möglich, sich unter seine Feinde zu mischen und ihre Gespräche zu belauschen. Von den Menschen wurde er ›Strong Wind, der Unsichtbare‹ genannt.

Er lebte zusammen mit seiner Schwester in einem Zelt nahe dem

Meer, und sie half ihm viel bei seiner Arbeit. Er war wegen seiner großen Taten sehr begehrt, und viele Mädchen hätten ihn gern geheiratet. Aber es war bekannt, daß ›Strong Wind‹ das erste Mädchen heiraten würde, daß in der Lage sei, ihn bei der abendlichen Heimkehr zu erblicken. Obwohl viele diese Probe machten, dauerte es sehr lange, bis eine sie bestand.

›Strong Wind‹ bediente sich nämlich eines schlauen Tricks, um die Wahrheitsliebe all der Mädchen zu prüfen, die ihn für sich gewinnen wollten. Jeden Abend, wenn der Tag sich seinem Ende näherte, ging seine Schwester zum Strand hinunter. Sie wurde begleitet von den Mädchen, die die Probe machen wollten. Seine Schwester konnte ihn immer sehen, aber niemand sonst.

Wenn er dann im fahlen Licht der Abenddämmerung von seiner Arbeit nach Hause kam, fragte seine Schwester das Mädchen: »Kannst du ihn sehen?« Und jedes Mädchen sagte die Unwahrheit: »Ja, ich sehe ihn.« Dann fragte die Schwester weiter: »Womit zieht er seinen Schlitten?« Und die Mädchen sagten dann: »Mit dem Fell eines Elches« oder »mit einer Stange« oder »mit einem langen Strick«. Und dann wußte seine Schwester immer, daß sie gelogen und die Antworten nur geraten hatten.

So versuchten es viele. Sie sagten die Unwahrheit und bestanden nicht die Probe. Denn: ›Strong Wind‹ wollte niemanden heiraten, der unwahrhaftig war.

In einem nahegelegenen Dorf lebte ein großer Häuptling mit seinen drei Töchtern, deren Mutter schon lange tot war. Eine von den dreien war sehr viel jünger als ihre beiden Schwestern. Da sie sehr schön und freundlich war, wurde sie von allen Leuten geliebt. Die älteren Schwestern aber waren sehr eifersüchtig auf sie wegen ihrer Anmut und behandelten sie grausam. Sie zogen ihr Lumpen an, damit sie häßlich aussah; sie schnitten ihr langes, schwarzes Haar ab, und sie verbrannten ihr das Gesicht mit Kohlen vom Feuer, damit sie vernarbt und verunstaltet aussah. Außerdem belogen sie ihren Vater, indem sie ihm erzählten, daß sie alle diese Dinge selbst getan hätte. Trotz alledem blieb die jüngste Schwester geduldig, sie bewahrte sich ihre Freundlichkeit und verrichtete frohen Mutes ihre Arbeit.

Wie schon viele andere Mädchen vor ihnen, so versuchten auch des Häuptlings zwei älteste Töchter, ›Strong Wind‹ zu gewinnen. Eines Abends gingen sie mit seiner Schwester in der Dämmerung zum Strand hinunter und warteten auf seine Heimkehr. Nach kurzer Zeit kam er von seiner Arbeit zurück und zog seinen Schlitten hinter sich her. Wie immer fragte seine Schwester auch dieses Mal: »Seht ihr ihn?« Und jede antwortete mit einer Lüge: »Ja.« Sie fragte weiter: »Aus welchem Material ist sein Schulterriemen?« Beide Schwestern rieten: »Aus rohem Leder.« Daraufhin betraten sie das Zelt in der Hoffnung, dort ›Strong Wind‹ beim Abendessen zu sehen. Als er seinen Mantel und seine Moccasins auszog, konnten sie diese zwar sehen, mehr aber sahen sie nicht. Da ›Strong Wind‹ wußte, daß sie die Unwahrheit gesagt hatten, blieb er unsichtbar, und sie kehrten bestürzt nach Hause zurück.

Eines Tages beschloß des Häuptlings jüngste Tochter, ›Strong Wind‹ zu besuchen – trotz ihrer Lumpen und ihres verbrannten Gesichts. Sie flickte ihre Kleidung mit Rindenstückchen von Birkenbäumen und legte den wenigen Schmuck an, den sie besaß. Dann machte sie sich auf den Weg, um zu versuchen, den Unsichtbaren zu sehen, so wie es all die anderen Mädchen ihres Dorfes vor ihr schon getan hatten.

Ihre Schwestern lachten sie aus und bezeichneten sie als ›Närrin‹; und wie sie so auf der Straße daherging, lachten auch alle anderen Menschen über ihr zerlumptes Kleid und ihr verbranntes Gesicht; aber sie ging still ihren Weg.

Strong Wind's Schwester begrüßte das junge Mädchen freundlich und nahm sie in der Dämmerung mit zum Strand. Kurz darauf kam auch Strong Wind selbst nach Hause, seinen Schlitten hinter sich her ziehend. Und seine Schwester fragte: »Kannst du ihn sehen?« Und das Mädchen antwortete: »Nein.« Seine Schwester war sehr verwundert, daß dieses Mädchen die Wahrheit sagte. Und sie fragte noch einmal: »Kannst du ihn jetzt sehen?« Und dieses Mal antwortete das Mädchen: »Ja, und er ist wunderbar.« Die Schwester fragte: »Womit zieht er seinen Schlitten?« Und das Mädchen antwortete furchtsam: »Mit einem Regenbogen.« Sie wurde weiter gefragt: »Woraus ist die Sehne seines Bogens?« Und sie antwortete: »Seine Bogensehne ist die Milchstraße.«

Da wußte Strong Wind's Schwester, daß sie die Wahrheit gesagt hatte und daß sich ihr Bruder für sie sichtbar gemacht hatte, weil sie zu Anfang die Wahrheit gesprochen hatte. Da sprach die Schwester: »Es ist wahr, du hast ihn gesehen.« Und sie nahm das Mädchen mit nach Hause und badete es – und plötzlich verschwanden alle Narben aus ihrem Gesicht und von ihrem Körper; ihre Haare wuchsen wieder lang und schwarz wie die Flügel des Raben; und die Schwester gab ihr schöne Kleider und kostbaren Schmuck.

Daraufhin bot sie ihr den Platz der Ehefrau im Zelt an. Bald darauf kam auch Strong Wind. Er setzte sich zu ihr und nannte sie seine Braut. Schon am nächsten Tag wurde sie seine Frau und half ihm das ganze Leben hindurch bei seinen großen Taten.

Die beiden älteren Schwestern des Mädchens waren sehr zornig und wunderten sich über das, was geschehen war. Aber Strong Wind, der um sie und ihre Grausamkeiten wußte, beschloß, sie zu bestrafen. Er machte Gebrauch von seiner großen Macht, verwandelte sie in Zitterpappeln und verwurzelte sie tief in der Erde. Seit diesem Tag zittert das Espenlaub immerzu, es erschauert und denkt mit Furcht an die Ankunft Strong Winds.

Auch wenn er ganz sanft daherkommt, zittert es, denn sie denken immer noch an seine große Macht und an seinen Ärger über ihre Lügen und über die Grausamkeiten, die sie ihrer Schwester vor langer Zeit zufügten.

North-East Woodland

Wie Coyote überlistet wurde

Kindermythen

Coyote und die Babyschildkröte

Nahe bei den Schneebergen gab es eine Quelle, und in der Nähe dieser Quelle lebte eine Schildkrötenmutter mit ihren Kindern. Sie aßen und tranken an der Quelle und lebten glücklich und zufrieden.

Eines Tages aber begann die Quelle auszutrocknen. Es gab immer weniger zu essen, und die Schildkrötenmutter begann, sich Sorgen zu machen. Sie rief ihre Kinder zusammen und sagte zu ihnen: ›Diese Quelle wird bald nur noch ein trockener Grund sein. Wir müssen zum Blauen See umziehen, dort werden wir wieder viel Nahrung und Wasser finden. Wir müssen aber früh am Morgen aufbrechen, denn es ist ein weiter Weg.‹ Und so ging die ganze Schildkrötenfamilie am Abend früh schlafen.

Schon bevor die Sonne aufging, weckte die Schildkrötenmutter ihre Kleinen, und sie machten sich auf den Weg zum Blauen See. Als dann der Tag anbrach und es hell wurde, machten sie halt und Mutter Schildkröte schaute zurück auf ihre kleine Familie. ›O je‹, schrie sie, ›mein Jüngstes fehlt! O jemine! ... Aber wir können jetzt wirklich nicht mehr umkehren!‹ Und so wanderten sie weiter. Aber sie waren alle sehr, sehr traurig.

In der Zwischenzeit wachte auch die jüngste Schildkröte an der Quelle auf. Zunächst bekam sie einen großen Schrecken. Sie rannte hierhin und dorthin, konnte aber weder ihre Mutter noch ihre Geschwister finden. Sie waren alle fort. Und so war die kleine Schildkröte ganz allein. Da sie aber die Spur ihrer Mutter fand, machte sie sich auf den Weg, ihr zu folgen.

Sie wanderte so schnell sie konnte, und als es Nachmittag wurde, hatte sie schon ein gutes Stück des Weges zum Blauen See hinter sich gebracht.

Ungefähr zu dieser Zeit jagte auch Coyote in der Nähe. Als er einen kleinen Hügel hinaufrannte, hörte er jemanden weinen. Er sprang einen weiteren Hügel hinauf und blickte sich um. Da sah er die kleine Schildkröte langsam dahinwandern und vor sich hin weinen.

›Warum weinst du?‹ fragte Coyote. ›Ich weine nicht, ich singe‹, sagte die Schildkröte. Daraufhin fragte Coyote weiter: ›Was tust du hier? Der Tag ist zu heiß, um hier draußen herumzuwandern.‹ ›Wir ziehen zum Blauen See‹, antwortete die Schildkröte. ›Ich habe verschlafen, und die anderen sind schon fort. Und: Ich weine nicht! Ich singe, während ich den Spuren meiner Mutter folge.‹

›Ich glaube aber, daß du doch weinst‹, sagte daraufhin Coyote. ›Aber wenn du weiterhin behauptest, zu singen, dann sing mir ein Lied.‹ ›Nein, ich werde nicht singen‹, antwortete die kleine Schildkröte. ›Sing für mich!‹ schrie daraufhin Coyote. ›Sing, oder ich rolle dich durch den heißen Sand.‹ ›Tu's doch‹, sagte die Schildkröte, ›ich werde davon nicht sterben.‹

›Wenn du nicht für mich singst, werde ich dich zertrampeln‹, antwortete Coyote. Die Schildkröte: ›Tu's doch, trample nur auf mir herum, wenn du willst. Ich werde auch davon nicht sterben.‹

Coyote sah, daß er der kleinen Schildkröte keine Angst einjagen konnte. Er dachte einen Moment nach. Was konnte er machen? Schließlich sagte er: ›Sing für mich, oder ich werfe dich in den Fluß.‹

›O nein!‹ schrie die kleine Schildkröte. ›Wirf mich bitte nicht in den Fluß, denn dann werde ich garantiert sterben.‹

Daraufhin schnappte sich Coyote die kleine Schildkröte und rannte mit ihr zum Fluß. Er sprang hinein und ließ dabei die Schildkröte fallen. Sie schwamm hinüber zum anderen Ufer und kletterte aus dem Wasser. ›Danke schön‹, sagte sie, ›ich fühle mich wohl im Wasser. Es ist wie zu Hause.‹

Aber das war es nicht für Coyote. Ihm erging es sehr schlecht im Wasser. Der Fluß führte viel Wasser, das mit hoher Geschwindigkeit zu Tal schoß. So benötigte Coyote viel Zeit, wieder ans Ufer zu gelangen.

Die kleine Schildkröte aber ging ihren Weg weiter und fand auch bald ihre Familie in der Nähe des Blauen Sees. Alle waren sehr glücklich, einander wiederzusehen.

Nachdem die kleine Schildkröte den anderen ihre Abenteuer mit Coyote erzählt hatte, wanderten sie zum Blauen See. Dort leben sie noch heute.

Hopi

Coyote und der Zaunkönig

In der Nähe des Hopi-Dorfes Oraibi lebte Mutter Coyote mit ihren zwei Jungen.

Jeden Tag suchte sie wilde Beeren oder jagte etwas für ihre Familie. An manchen Tagen nahm sie ihre beiden Jungen mit zu den Abfallhaufen von Old Oraibi, um nach alten fettigen Schuhen oder Knochen zum Fressen zu suchen.

Auch ein kleiner Vogel wohnte in der Nähe des Ortes. Es war ein Fels-Zaunkönig, und sein Nest lag inmitten vieler Felsen. Auch die Mutter Zaunkönig hatte ein paar Junge und ging jeden Tag auf Nahrungssuche. Wenn sie ihre Kleinen versorgt hatte, ließ sie sich gewöhnlich auf der Spitze der Felsbrocken nieder und sang ein Lied.

Als Mutter Coyote eines Tages in der Nähe der Felsen auf Jagd war, hörte sie den Zaunkönig singen und kam näher, um dem Lied zu lauschen.

Als sie so dasaß und zuhörte, dachte sie bei sich: ›Oh, wenn ich doch auch dieses Lied lernen könnte! Ich würde es meinen Kindern abends vorsingen.‹

Als Mutter Zaunkönig mit ihrem Lied fertig war, wollte sie zurück zum Nest fliegen. »Warte, sing dein Lied noch einmal«, rief Coyote, »ich würde es gerne lernen und meinen Jungen vorsingen.«

»In Ordnung«, sagte Zaunkönig, »ich werde es noch einmal singen, aber ich glaube nicht, daß du es lernen kannst. Um ehrlich zu sein: Ich glaube nicht, daß du überhaupt singen kannst.« Und sie sang ihr Lied noch einmal. Coyote sagte: »Ich glaube, ich weiß jetzt, wie es geht, aber würdest du es bitte noch einmal singen?« Aber Mutter Zaunkönig antwortete: »Ich bin müde und mag nicht mehr singen.« Sie hüpfte zu ihrem Nest zurück, und nach einiger Zeit entschloß sich auch Mutter Coyote, nach Hause zu gehen. Auf ihrem Weg dachte sie immer wieder darüber nach, daß Zaunkönig sich geweigert hatte, das Lied noch einmal für sie zu singen. Und je mehr sie darüber nachdachte, um so ärgerlicher wurde sie.

Auch Mutter Zaunkönig dachte im Nest über den Vorfall nach. Sie wußte, daß Coyote jetzt wütend war und vielleicht versuchen würde, sie zu fressen. Sie dachte: ›Ich bin ganz sicher, daß Mutter Coyote mein Lied niemals lernen wird, aber ich bin auch sicher, daß sie zurückkommen wird.‹ Deshalb suchte sie ein altes Stück Leder, formte es zu einem Vogelkörper und füllte es mit Kieseln. Für den Schnabel und die Beine benutzte sie kleine Stöckchen und steckte dann hinten ein paar Federn als Schwanz in das Leder. Als alles fertig war, stellte sie die Figur auf den Felsen, auf dem sie selbst normalerweise saß und sang.

Ganz früh am nächsten Morgen kam Mutter Coyote wieder zu dem Felsen, um Zaunkönig singen zu hören. Sie hielt den mit Kieseln gefüllten Ledervogel für echt und sagte: »Sing dein Lied noch einmal für mich. Ich bin sicher, daß ich es heute lernen werde.« Natürlich antwortete der Zaunkönig nicht. Und natürlich wurde Mutter Coyote sehr böse: »Ganz wie du willst!« schrie sie. »Jetzt ist es mit meiner Freundlichkeit vorbei!« Und sie schnappte sich den

Ledervogel und biß hinein. »Oh ... je!« schrie Coyote, als ihre Zähne knirschten, knackten und brachen. »Warum tust du mir das an?«

Mutter Coyote lief zur Quelle, um etwas zu trinken und ihren Mund auszuspülen. Als sie am Wasser stand und hineinblickte, sah sie ein fremdes Gesicht. Es hatte abgebrochene Zähne und eine blutige Schnauze. Und sie wußte nicht, daß es ihr eigenes Spiegelbild war.

Mutter Coyote bekam es mit der Angst. Sie sprang auf und rannte, so schnell sie konnte. Sie lief von Quelle zu Quelle, und an jeder sah sie das gleiche schreckliche Gesicht im Wasser. »Wer bist du?« schrie sie. »Geh weg und laß mich trinken!« Aber immer wieder sah dieses Gesicht sie an.

Als man das letzte Mal etwas von Mutter Coyote sah, war sie auf der Suche nach einer neuen Quelle ...

Hopi

Coyote und die Eichelhäher

Genau westlich vom Hopi-Dorf Oraibi lebte ein Coyote am Coyote-Berg. Er verbrachte viel Zeit mit Jagen. Er jagte zwischen den Felsen und in den Tälern um das Dorf herum. Seine bevorzugten Jagdgründe waren dort, wo es viele kleine Tiere gab, die er ohne große Mühe fangen konnte.

An einem Frühlingstag, an dem er wieder einmal in der Nähe des Coyote-Berges jagte, wurde er sehr durstig. Um etwas trinken zu können, mußte er den Berg hinunter, an Windy Mesa und an einem trockenen Flußlauf vorbei zu Sand Spring hin. Als er endlich dort ankam, war er schrecklich durstig und schwitzte sehr.

Nachdem er ausgiebig getrunken und ein wenig geruht hatte, trottete er auf einem seiner alten bekannten Wege zu einem Ort hin, an dem viele Wacholderbüsche wuchsen. Als er dort ankam, hörte er Lachen und Singen.

Leise kroch Coyote hinter den Büschen und Bäumen entlang und sah dann einige junge Eichelhäher nahe einem großen Wacholderbusch singen und tanzen. Sie tanzten immer im Kreis herum, wobei sich ihre ausgebreiteten Flügel berührten. Wenn sie eine Weile getanzt hatten, machten sie eine Pause. Während dieser Pause flogen sie hoch hinauf in die Luft und schossen dann in die Wacholderbüsche hinunter. Coyote hatte den Eindruck, daß die kleinen Eichelhäher vom Himmel fielen. Aber kurz darauf kamen sie wieder aus dem Baum heraus, begannen ihren Tanz und ihren Gesang von neuem und flogen wieder hoch in dic Luft.

Coyote beobachtete sie von seinem Platz aus hinter dem Baum. Er sagte zu sich: ›Was die da machen, sieht ja sehr seltsam aus, aber sie scheinen großen Spaß dabei zu haben.‹ Gerade in diesem Moment entdeckte einer der kleinen Eichelhäher Coyote. Er rief: ›Da seht nur! Ein Coyote schaut hinter seinem Baum hervor und beobachtet uns!‹

Die kleinen Eichelhäher fragten Coyote, ob er nicht zu ihnen kommen wolle. ›Du solltest mit uns spielen. Lern unsere Lieder, dann geben wir dir ein paar von unseren Federn. Wir können sie an deinen Armen und Beinen befestigen, und dann kannst du hoch mit uns zum Himmel fliegen. Dann lassen wir dich los, und du fliegst genau wie ein Vogel zur Erde zurück. Es macht viel Spaß ... Du wirst schon sehen. Aber zuerst werden wir dir unser Lied beibringen. Hör gut zu.‹

Die kleinen Eichelhäher sangen ihr Lied, und Coyote hörte zu. Als sie es zum zweitenmal sangen, stimmte Coyote mit ein. Da er eine sehr laute Stimme hatte, war sie die einzige, die man hören konnte.

Als sie mit dem Singen fertig waren, zupften sich die kleinen Vögel einige Federn aus und befestigten diese an Coyotes Armen, an seinen Beinen und an seinem Rücken. Er sah damit seltsam aus, aber er war sehr glücklich. Er hatte sich schon immer gewünscht, fliegen zu können.

Die kleinen Eichelhäher sagten zu ihm: ›Stell dich in einen Kreis mit uns und sing, wenn wir herumtanzen. Wir werden dich dann mit uns hoch in den Himmel hinaufnehmen, und du wirst danach selbst wieder zur Erde hinuntergleiten. Es wird viel Spaß machen.‹

Also sang Coyote, und alle tanzten sie im Kreis. Nach einiger Zeit hörte Coyote auf zu singen, und alle hielten im Tanzen inne. Darauf schnappten die kleinen Eichelhäher sich Coyote und flogen mit ihm hoch in die Lüfte ... und dann ließen sie ihn fallen.

Die Eichelhäher selbst stürzten sehr schnell hinunter und setzten sich in den Wacholderbusch, um Coyote zu beobachten. Er schlug beim Fallen seine Arme hoch und nieder, aber er konnte nicht fliegen. Auch er stürzte sehr schnell zur Erde herunter – doch wie ein Stein. Aber er kam nicht zu Schaden: er landete nämlich im Wipfel eines Baumes.

Die kleinen Eichelhäher flogen zu Coyote herüber und holten sich alle ihre Federn wieder. Coyote sprang vom Baum herunter und rannte, so schnell er konnte, zurück zum Coyote-Berg.

Die kleinen Vögel hatten ihm einen Streich gespielt. Sie hatten gewußt, daß er auch mit ihren Federn nicht fliegen konnte. Seitdem spielt Coyote nicht mehr mit kleinen Eichelhähern.

Hopi

Der Sperber und die Eidechse

Am Felsrand des Tafelberges der Dritten Mesa lebte ein Sperber. Jeden Tag saß er am Rand der Mesa und hielt Ausschau nach Insekten, Käfern und Eidechsen. Er hatte sehr gute Augen und konnte meilenweit sehen.

Am Fuße der Mesa lebte eine Eidechse in einer Felsspalte. Diese Eidechse war nicht besonders gescheit. Sie machte sich oft einen Spaß daraus, den Sperber zu ärgern. Sie wartete immer, bis der Sperber auf seinem Ausguckfelsen saß und sie sehen konnte; dann kam sie aus ihrer Felsspalte hervor und rannte schnell wieder in sie zurück.

Eines Morgens war die Eidechse besonders mutig. Sie kam aus ihrer Spalte heraus und kletterte auf einen kleinen Felsvorsprung. Zuerst sah sie sich nach allen Seiten um, dann schaute sie zum Sperber hinauf. Dann begann sie zu tanzen, wobei sie den Sperber immer gut im Auge behielt.

Während die Eidechse tanzte, sang sie ein Lied:

Du könntest mal versuchen, mich zu fangen.
Bin fett und saftig und leicht zu erlangen.

Als sie ihr Lied und ihren Tanz beendet hatte, rannte sie ganz schnell wieder in ihre Felsspalte. Dies tat sie den ganzen Tag über immer und immer wieder, und nach dem Tanz und dem Lied huschte sie jedesmal schnell in ihr Loch.

Wie der Sperber die Eidechse so beobachtete, wurde er sehr ärgerlich. Er sagte zu sich selbst: ›Ich werde diese dumme Eidechse fangen und nachsehen, wie fett sie wirklich ist.‹ Er schaute sich um auf der Mesa und fand einen weißen Felsen, der einem Sperber ähnelte. Diesen stellte er an die Stelle, auf der er normalerweise selbst saß. Dann flog er ins Tal hinunter und versteckte sich unter dem schmalen Vorsprung, auf dem die Eidechse getanzt hatte ... und er wartete.

Ganz langsam steckte die Eidechse ihren Kopf aus ihrer Felsspalte heraus, um nachzusehen, ob der Sperber immer noch dort oben saß. Wie sie erwartet hatte, sah sie ihn immer noch auf dem Fels sitzen.

Und so kam sie aus ihrem Loch heraus und sang und tanzte. Während sie dies tat, beobachtete sie den weißen Felsen oben auf dem Felsvorsprung über ihr. Sie sprach zu sich selbst: ›Dieser Sperber wird mich niemals erwischen. Ich bin viel zu schnell für ihn.‹

Als sie aber ihren Tanz beendet hatte und in ihre Felsspalte schlüpfen wollte, flog der Sperber rasch aus seinem Versteck hervor und packte die arme Eidechse. In seinen Krallen trug er sie hinauf zum Rande der Mesa.

Dort untersuchte er die Eidechse und stellte fest, daß absolut kein Fett an ihr war. Sie war tatsächlich die dünnste Eidechse, die der Sperber jemals gesehen hatte.

Darauf ließ er sie wieder frei.

Hopi

Wie der Tod in die Welt kam

Todesmythen

Der Ursprung des Todes

Sie, die Menschen, kamen hoch aus dem Shipap, dem Ort des ersten Auftauchens der Menschen. Eines ihrer Kinder wurde krank. Sie wußten nicht, was mit ihm war, da sie niemals zuvor mit Krankheiten in Berührung gekommen waren. Und so sprachen sie zu Shkoyo, dem Führer der Bruderschaft der Heilenden: »Vielleicht kann uns unsere Mutter in Shipap helfen. Geh zu ihr zurück und bitte sie, diese Plage von uns zu nehmen.« So ging er zurück zu unserer Mutter, und sie sagte zu ihm: »Das Kind ist tot. Wenn die Menschen nicht stürben, würde die Erde überfüllt und es gäbe keinen Raum mehr für euch zum Leben. Wenn ihr sterbt, so kommt ihr zurück zum Shipap und lebt bei mir. Reist nur weiter umher und seid nicht allzu besorgt, wenn eure Leute sterben.«

Er kehrte zu seinem Volk zurück und berichtete ihm, was unsere Mutter gesagt hatte.

In jenen Tagen gingen alle Menschen noch wie Geschwister miteinander um, alle Indianer aller Dörfer, die man Pueblos nennt. Sie pflanzten ihren Mais mit dem Grabstock, und sie wurden niemals müde. Sie hoben Gräben aus, um ihre Felder zu bewässern, und der Mais reifte innerhalb eines einzigen Tages. Später trennten sie sich voneinander, und die verschiedenen Pueblos gingen ihre eigenen Wege.

Cochiti

Wie der Tod in die Welt kam

Kumokums lebte allein in der Nähe des Sprague-Flusses. Nach einiger Zeit begann er, sich einsam zu fühlen. Deshalb rief er alle Tiere zusammen, um mit ihnen zu reden.

»Laßt uns hier ein Dorf bauen, in dem wir alle miteinander leben können«, sagte er.

Die Tiere fanden die Idee sehr gut, nur einigen behagte der Ort nicht. »Es ist hier zu kalt und das Gras ist zu stoppelig«, sagte der Hirsch. »Ich denke, wir sollten lieber nach Yainax gehen.«

»Ich mag das kalte Wetter aber«, sagte der Bär. »Das ist die Zeit, wenn ich mich zusammenrollen und so lange schlafen kann, wie ich möchte. Ich bleibe lieber hier.«

Alle berieten nun die Angelegenheit, ohne sich ein einziges Mal zu streiten. Zum Schluß aber hatte Kumokums das Reden satt. Er sagte: »Hört mir einmal zu. Ich habe diese Versammlung einberufen, und ich bin ihr Chef. Wir werden zwei Dörfer bauen. Im Sommer werden wir in Yainax leben und im Winter hier am Sprague-Fluß. So werden alle zufrieden sein.«

»Aber wie lange dauert der Sommer und wie lange dauert der Winter?« fragte das Stachelschwein.

»Wir sollten das Jahr genau teilen, dann dauern beide sechs Monde lang«, antwortete Kumokums.

»Aber es gibt 13 Monde im Jahr. Was tun wir mit dem, der übrig ist?« hakte das Stachelschwein nach. Kumokums entschied: »Der 13. wird auch geteilt. Die eine Hälfte gehört zum Sommer, die andere zum Winter. Wir benutzen sie für den Umzug.«

Damit waren alle einverstanden, und nun fanden sie den Plan sehr gut.

Zu der Zeit war es gerade Sommer, genau der Monat, in dem der Eistaucher singt. Und so packten sie alle ihre Sachen zusammen und zogen nach Yainax.

Kumokums und die Tiere lebten auf diese Weise viele Jahre lang sehr glücklich; sie zogen immer hin und her zwischen ihren Sommer- und Winterdörfern. Aber sie waren so glücklich, so zufrieden und hatten so gute Nahrung, daß mit der Zeit zu viele Babys geboren wurden. Irgendwann nahm sich das Stachelschwein der Sache an und ging zu Kumokums.

»Kumokums«, sagte es, »es gibt hier zu viele Menschen. Unsere alten Leute sterben zwar, aber trotzdem sind es noch zu viele. Wir alle wissen, daß die Toten in das jenseitige Land gehen und daß sie dort glücklich sind, wenn sie hier ein gutes Leben geführt haben. Nun sind doch alle Menschen unseres Dorfes gut genährt und zufrieden, also sind sie gut gewesen. Warum sollen wir sie nicht in das Land der Toten gehen lassen, wo sie glücklich sein können?«

Kumokums setzte sich wieder und dachte lange nach. Dann sagte er: »Ich glaube, du hast recht. Die Menschen sollten die Erde für immer verlassen, wenn sie sterben. Der Führer des Landes der Toten ist ein guter Mann, sie werden glücklich in seinem Dorf sein.«

»Ich bin sehr froh, daß du das auch so siehst wie ich«, sagte das Stachelschwein und watschelte davon.

Als Kumokums fünf Tage später vom Fischen im Sprague-Fluß heimkehrte, hörte er Weinen aus seinem Haus. Er ließ seine Beute fallen, stürzte zur Tür im Dach des Hauses und kletterte durch den Rauchfang am Leiterpfosten hinunter. Seine Tochter lag auf dem Boden, und seine Frauen standen händeringend um sie herum.

»Was ist passiert? Was ist los mit ihr?« schrie Kumokums. Er liebte seine Tochter sehr. Seine Frau sagte weinend: »Sie hat uns verlassen und ist in das Land der Toten gegangen.«

»Nein, das kann sie nicht machen«, rief Kumokums laut. Er streichelte ihren Kopf und rief ihren Namen. »Komm zurück zu mir, bleib bei uns im Dorf«, bat er.

Dann schickte Kumokums seine Frau ins Dorf, um den tüchtigsten Medizinmann zu holen. Sie sangen und beteten über dem Körper des Mädchens, aber nichts konnte sie wieder zurückbringen.

Schließlich kam das Stachelschwein rückwärts den Leiterpfosten durch den Rauchabzug heruntergewackelt. Es sagte: »Kumokums, es ist genau das geschehen, was du bestimmt hast. Du warst derjenige, der den Tod für jeden in der Welt gebracht hat. Nun mußt du auch darunter leiden, wie jeder andere.«

»Gibt es keinen Weg, sie zurückzuholen?« flehte Kumokums.

»Es gibt einen Weg«, antwortete das Stachelschwein, und auch der Bär nickte mit dem Kopf, denn er ist genauso weise wie das Stachelschwein. »Es gibt einen Weg, aber er ist schwer und gefährlich. Du selbst mußt in das Land der Toten gehen und seinen Häuptling, deinen Freund, bitten, dir deine Tochter zurückzugeben.«

»Es ist egal, wie hart und gefährlich es ist, ich werde es tun«, versicherte Kumokums.

Er legte sich an der gegenüberliegenden Seite des Hauses nieder und schickte seinen Geist aus seinem Körper heraus weit, weit weg in das Land der Toten.

»Was willst du, und wegen welcher Person bist du gekommen?« fragte der Häuptling. Er war ein Skelett wie auch alle anderen Menschen in seinem Dorf.

»Ich bin gekommen, um meine Tochter wieder mit nach Hause zu nehmen«, antwortete Kumokums. »Ich liebe sie sehr und möchte sie bei mir haben. Aber ich kann sie nirgends sehen.«

»Sie ist hier«, erwiderte der Häuptling des Landes der Toten. »Ich mag sie auch gern. Ich habe sie in mein eigenes Haus aufgenommen, damit sie meine eigene Tochter ist.« Er drehte sich um und rief: »Komm heraus, Tochter«, und das schlanke Skelett eines jungen Mädchens kam durch das Loch im Dach herausgeklettert.

»Das ist sie«, sagte der Häuptling des Landes der Toten. »Meinst du, du erkennst sie wieder und möchtest sie mit zurück in dein Dorf nehmen – so, wie sie ist?«

»Wie auch immer sie aussieht, sie ist meine Tochter und ich möchte sie mitnehmen«, sagte Kumokums.

»Du bist ein tapferer Mann«, bemerkte der Häuptling des Landes der Toten. »Noch niemand, der hierher kam, hat das gesagt. Wenn ich sie dir gebe und sie wieder in das Land der Lebenden zurückkehrt, wird es nicht einfach sein. Du mußt genau das tun, was ich dir jetzt sage.«

»Ich werde alles genauso tun, wie du es mir sagst«, versprach Kumokums.

»Dann hör mir ganz genau zu«, sagte der Häuptling des Landes der Toten. »Nimm deine Tochter bei der Hand, und führe sie hinter dir her. Geh geradewegs zu deinem Ort zurück. Viermal darfst du ihre Hand drücken, und sie wird wärmer und runder werden. Wenn du in deinem Dorf ankommst, wird sie wieder sie selbst sein, so wie du sie kennst. Aber was immer du auch tust: schau – nicht – zurück. Wenn du das tust, wird deine Tochter zu mir zurückkehren.«

»Ich werde es genauso tun, wie du gesagt hast«, versprach Kumokums.

Kumokums streckte seine Hand nach hinten aus und spürte, wie die Knochen der Hand seiner Tochter seine Hand ergriffen. Gemeinsam machten sie sich auf den Weg. Kumokums ging voran. Einmal hielt er an und drückte die Hand seiner Tochter. Es war schon etwas Fleisch an den Knochen, und Kumokums Herz war leichter als zu irgendeiner Zeit seit ihrem Tode.

Viermal hielt Kumokums an und drückte die Hand – und jedesmal war sie etwas wärmer und fester und lebendiger in seiner eigenen Hand. Ihr eigenes Dorf lag nun schon direkt vor ihnen. Sie kamen aus dem Land der Toten heraus und in das Land der Lebenden. Es war schon so nahe, daß Kumokums dachte, sie seien nun sicher. Er schaute sich um zu seiner Tochter – und sah nur für einen Moment einen Knochenhaufen auf der Erde liegen, dann war auch der weg.

Kumokums öffnete die Augen in seinem eigenen Haus.

»Ich habe dir vorher gesagt, daß es schwer und gefährlich sein würde«, erinnerte ihn das Stachelschwein. »Nun wird es immer den Tod in der Welt für alle Menschen geben.«

Modoc

Der Weg über den Hügel

Wenn Menschen sterben, müssen sie über einen Hügel gehen. Dort verläuft eine Grenze zwischen den Menschen, die noch in dieser Welt leben, und denjenigen, die vor ihnen gelebt haben. Diese Grenze verläuft genau auf dem Kamm des Hügels. Früher, als das Land noch offen war und die Prärien sich dahinzogen, soweit man sehen konnte, da gab es nur eine Linie aus Steinen auf dem Kamm. Heute, in einer Zeit, in der alles eingezäunt wird, besteht diese Grenzlinie aus Stacheldraht.

Wenn jemand sehr krank ist, beginnt er schon, den Hügel hinaufzuklettern. Der Aufstieg ist schwierig, insbesondere dann, wenn seine Verwandten und Freunde dasind und ihn zurückrufen. Aber wenn er sehr krank ist und sehr leidet, geht er mühsam weiter und bemüht sich, trotz der Rufe den Berg zu erklimmen. Wenn er die Spitze des Hügels erreicht hat, kann er auf die andere Seite hinüberblicken. Hier fällt der Berg sanft ab, es ist einfach zu gehen, und das Gras wächst den ganzen Hang hinab sehr üppig.

Am Fuße des Hügels gibt es einen Fluß und auf der anderen Seite des Flusses ein großes indianisches Lager. Dort spielen Kinder, sie planschen und schwimmen im Fluß und reiten auf Pferden.

Sobald sie den kranken Menschen sehen, rufen sie ihn und bitten ihn, zu ihnen zu kommen: ›Komm herunter, Bruder – Onkel – Vater –‹ oder wer auch immer er ist. Aber wenn ihn die Menschen auf der anderen Seite, der Seite des Lebens, genug lieben, um ihn zu halten, dann wird er noch bei ihnen bleiben. Er kennt dann die Menschen in dem Lager und wird sie alle lieben, aber die Lebenden können ihn durch inständiges Bitten halten.

Dieses kann mehr als einmal in einem Menschenleben geschehen. Ein Mann, der kämpfend, und eine Frau, die in den Wehen stirbt, erleben das gleiche. Egal, ob jemand gut oder schlecht gewesen ist, es gibt keinen Unterschied im Leben danach; alle teilen sich nach dem Tode die gleiche Welt. Es ist die Art der Arapaho-Indianer, keinen Menschen zu verurteilen.

Arapaho

Glossar

Erläuterungen indianischer Begriffe und Namen

Bogenstandarte eine Standarte in Bogenform, die über dem Schlangenkiva aufgerichtet wird, wenn Priester darin beten.

Canoncito Stadt im Staat Neu Mexiko; in der Nähe befinden sich ausgedehnte Lavafelder und Uran-Minen.

Coyote ein dem Wolf verwandtes Tier, das in Nordamerika heimisch ist. In den Mythen indianischer Völker spielt Coyote häufig eine wichtige Rolle. Er hat in manchen Zügen Ähnlichkeit mit den kleinen Kriegsgöttern. Er ist eine Lachgestalt, ein Trickser, ein Gauner, der sich oft als Opfer seiner eigenen Tölpelhaftigkeit nicht nur selbst schadet, sondern der ganzen Menschheit. Als eine sonderbare Mischung aus Reineke Fuchs, Till Eulenspiegel und Prometheus (auch Coyote bringt als Kultur-Heros in einem Navajo-Mythos den Menschen das Feuer) gibt es den Trickser unter vielen Namen bei vielen Stämmen (siehe *Rabe*). Er ist weder gut noch böse, er lernt nicht aus seinem Schaden, ist aber fähig, über sich selbst zu lachen. Auf der einen Seite bewirkt er Unsinn und in extremen Fällen Chaos, auf der anderen besiegt er manchmal den Tod oder verhilft Menschen zu Nahrung und ermöglicht ihnen besondere kulturelle Leistungen.

Hogan traditionelles Haus der Navajo-Indianer. Es ist rund und besteht nur aus einem Raum. Die Tür geht immer nach Osten, zur aufgehenden Sonne. Ursprünglich waren die Hogan aus Erde gebaut, heute sind die meisten aus Holz, manche auch aus Stein.

Hooting Owl Schreieule

Horned Owl Ohreule

Itc'tinaku weibliche Schöpferfigur

Karibu wildes, nordamerikanisches Rentier, wird wegen seines Fleisches und Felles gejagt.

Kiva heilige Zeremonialräume der Pueblo-Indianer, einschließlich der Hopi. Diese Räume sind meistens teilweise in die Erde eingelassen; sie sind häufig rund, bei den Hopi aber meist eckig. Sie dienen der Vorbereitung und häufig auch der Durchführung religiöser Zeremonien. Weiße Besucher dürfen nur dann einen Kiva betreten, wenn sie von indianischen Mitgliedern der Kiva-Gemeinschaft ausdrücklich dazu eingeladen werden.

Kleine Kriegsgötter ein Zwillingspaar, das in der Mythologie der Navajo-Indianer eine wichtige Rolle als Kultur-Heroen spielt. Ihr Vater ist die Sonne (oder der Träger der Sonne), ihre Mutter ist Türkis-Frau (oder Changing Woman). In den Mythen leben sie oft bei spider woman und jagen für sie. Sie sind nicht so kriegerisch, wie ihr Name vermuten läßt: sie verbringen einen großen Teil ihrer Zeit mit Spielen, treiben eine Menge Unfug und ärgern ihre Großmutter spider woman. Es sind Stehaufmännchen, die meist der Laune des Augenblicks folgen und dabei manchmal auch Schaden anrichten. Genausooft aber vollbringen sie gute Taten, d. h. sie helfen den Menschen.

Kumokums Eigenname

Manitou Indianer aus der Sprachfamilie der Algonkin bezeichnen mit diesem Namen die übernatürliche göttliche Kraft, die alle Dinge durchströmt. Europäer haben Manitou manchmal mit dem christlichen Gott identifiziert.

Manta indianisches Umhängetuch, auch zum Tragen von Babys, Tieren oder Waren.

Mesa Tafelberg, Second Mesa ist der mittlere der drei Tafelberge in Nord Arizona, auf denen und an deren Fuß die Hopi-Indianer leben.

Oraibi eines der 12 Hopi-Dörfer auf der Hopi-Reservation in Nord Arizona. Bis 1906 war Oraibi das größte und wichtigste Dorf der Hopi. Deshalb spielen Hopi Mythen und Legenden oft in diesem Ort. Oraibi gilt als der älteste kontinuierlich besiedelte Ort in Nordamerika (seit etwa 1150).

Piki-Brot bei den Hopi wird zu besonderen Festlichkeiten aus dem Mehl des blauen Maises (das mit Wasser angerührt wird) auf einer heißen Steinplatte eine hauchdünne waffelartige Scheibe gebacken. (Sofort nach dem Backen wird sie zusamengerollt. Man kann dieses Röllchen dann verzehren.) In Milch aufgelöst dient das Piki-Brot Kleinkindern und sehr alten Menschen als Nahrung.

Pueblo spanisches Wort für Dorf. Mit diesem Wort benannten die Spanier die Indianer im heutigen Staat Neu-Mexiko, die in Dörfern aus Steinhäusern lebten.

Rabe der Rabe spielt in der Mythologie mancher Indianerstämme eine wichtige Rolle als heiliges Wesen, als Kultur-Heros und als Trickser-Figur (siehe auch *Coyote*).

Schamane Priester und Heilkundiger bei Indianern und anderen Naturvölkern.

Screech Owl Zwergohreule

Shinegebiss Eigenname

Shipap auch Sipap oder Sipapu: gehört zur Pueblo-Philosophie; ein mystischer Ort, ein Loch in der Erde, durch das – nach der Vorstellung der Pueblo-Indianer – die Menschen zu Beginn dieser Welt aus der Unterwelt zum Tageslicht hochstiegen. Kivas (siehe *Kiva*) besitzen eine Repräsentation dieses Ortes: eine Vertiefung im Boden, die mit einem Brett verdeckt ist.

Snake-Kiva Kultstätte der Schlangen-Geist-Wesen (siehe auch *Kiva*).

Sonnentanz der Sonnentanz war eine zentrale religiöse Zeremonie vieler Stämme der Prärie-Indianer, z. B. der Blackfoot, Cheyenne, Crow, Kiowa... Für die Tänzer brachte diese Zeremonie oft schwere körperliche Strapazen und Schmerzen mit sich. Ende des vergangenen Jahrhunderts wurde der Tanz von der US-amerikanischen Regierung verboten. Heute ist das Verbot aufgehoben, und er wird bei manchen Indianerstämmen wiederbelebt, z. T. auch als Zeichen des Protestes gegen die weiße Überfremdung.

spider woman die Spinne als mythische Figur, als ›Spinnweib‹ oder ›Spinnfrau‹. Sie spielt eine wichtige Rolle in den Mythen der Hopi-Indianer. Sie hat zwei Formen: zum einen ist sie eine kleine, im Boden in einer Kammer lebende Spinne. Dieser Raum ähnelt einem Kiva und hat ein Loch, durch das sie nach oben kommt. Das Loch symbolisiert die Öffnung, durch die die Menschen aus der Unterwelt in die jetzige, die 4. Welt kamen. (4 oder ein Vielfaches von 4 ist so etwas wie eine heilige Zahl, im täglichen Leben bedeutsam, in Ritualen heilig und manchmal geheimnisvoll.) In ihrer 2. Form ist spider woman eine alte oder alterslose Großmutter, die sich aber auch in eine schöne junge Frau verwandeln kann. In beiden Formen hat sie zeremoniale, medizinische und soziale Bedeutung. Sie repräsentiert den Geist und die lebendige Natur der Erde. Sie ist freundlich und gütig, sie hilft den Menschen im Kampf gegen die bösen Geister und Mächte, sie ist Magierin und wird mit allen Situationen fertig.

Tipi das traditionelle Zelt der Prärie-Indianer; ursprünglich aus Büffelhaut gefertigt.

Quellennachweis

Die Erschaffung der Welt.
in: Serge Bramly, Im Reich des Wakan, Sphinx Verlag Basel 1977.

Vor langer Zeit.
in: Larry Evers (ed.), The South Corner of Time, Tucson 1983, S. 8–11.

Schöpfungsmythos.
in: Rudolf Kaiser, Gesang des Regenbogens, Indianische Gebete, Coppenrath Verlag Münster 1985, S. 12–14.

Das geschah am Anfang.
Das indianische Aschenputtel.
Wie den Menschen das Geschenk seliger Freude verliehen wurde.
in: Virginia Havilland (ed.) The Faber Book of North American Legends, London 1983, S. 40–43, S. 94–96, S. 101–106.

Die Erscheinung der weißen Menschen.
in: Leslie M. Silco, Ceremony, A Signet Book; New American Library, Times Mirror, New York 1977, S. 139 ff.

Das erste Feuer.
Das Nordlicht.
Das Bild, das lebendig wurde.
in: L. R. H. Appleton, American Indian Design and Decoration, New York 1971 S. 44, S. 62, S. 70.

Verwandte am Nachthimmel.
in: Reprinted from *The Way to Rainy Mountain*, N. Scott Momaday, © 1969, The University of New Mexico Press.

Die fünf Wassergeister.
Shingebiss.
Das steinerne Kanu.
in: Margaret Bemister, Thirty Indian Legends of Canada, Vancouver/Toronto 1973 S. 92 f., S. 26 f., S. 75 f.

Wie die Apachen Tonerde bekamen.
Die Sonne und der Mond.
in: Carolyn Niethammer, Daughters of the Earth – The Lives and Legends of American Indian Women, New York 1977, S. 193f.

Das Ende der Welt: Die Büffel gehen fort.
Die Two-Hearts oder Die Welt der Zauberer.
Wie der Tod in die Welt kam.
Der Weg über den Hügel.
in: Alice Marriott and Carol K. Rachlin, American Indian Mythology, Thomas y Crowell Company, New York 1968, S. 138, S. 198, S. 190, S. 194

Schlangenlegende.
in: Erna Fergusson, Dancing Gods – Indian Ceremonies of New Mexico and Arizona, Albuquerque 1977, S. 145f.

Yaponcha der Windgott.
in: Hopi Legends of the Sunset Crater Region, Museum of Northern Arizona, Museum Notes, Vol. 5, No. 4, October 1932, S. 17.

Mister Frosch und Mister Coyote.
in: From Can the Red Man Help the White Man? Edited by Sylvester M. Morey. S. 77f. © 1970 The Myrin Institute.

Coyote und die Babyschildkröte.
Coyote und der Zaunkönig.
Coyote und die Eichelhäher.
Der Sperber und die Eidechse.
in: Don Douglass (ed.), Hopi Legends, San Louis Obispo, California 1972, S. 25, S. 11, S. 7, S. 32.

Der Ursprung des Todes.
in: M. Astrov, The Winged Serpent, John Day Company New York 1952, S. 224.